De vlucht van Yudka Kalman

W0466748

Rosine De Dijn

De vlucht van Yudka Kalman

1941-1950

ICARUS

Voor Suri
met genegenheid

De tijd, zegt de volksmond, heelt alle wonden, en zoals zo vaak vergist hij zich ook hier.
De tijd heelt beslist niet alle wonden.
Hij neemt misschien weg of brengt tot bedaren, maar helen kan hij niet.
Er is een zeldzame smart, die nooit van de wereld zal verdwijnen.
Siegried Lenz

Redactie: Jos Liefrink

Dit boek verscheen in het Duits onder de titel *Die Flucht der Yudka Kalman*,
©1994 Deutsche Verlags-Anstalt Gmbh, Stuttgart. Alle Rechte vorbehalten.
Vertaling door de auteur

Omslag: Carine Cuypers
Vormgeving: Johan Buijs

©1995 Icarus, een imprint van Standaard Uitgeverij n.v.,
Belgiëlei 147a, 2018 Antwerpen

Niets uit deze uitgave mag door middel van elektronische of andere middelen, met inbegrip van automatische informatiesystemen, worden gereproduceerd en/of openbaar gemaakt zonder voorafgaande schriftelijke toestemming van de uitgever, uitgezonderd korte fragmenten, die uitsluitend voor recensies mogen worden geciteerd.

Wettelijk depot: D/1995/0034/212
ISBN 90 02 19897 3 / NUGI 642 / CIP

Inhoud

Proloog

'Mijn moeder zou jou haar levensverhaal willen vertellen', zei Natasha Goldberg.
Als terloops.

Ik aarzelde.
In het labyrint van een joods noodlot verdwalen?
Een dialoog, ook met mijn eigen geremdheid?

Ik ontmoette Yudka Kalman, Natasha's moeder, voor het eerst op de *Bar Mitswa* van haar kleinzoon Abel. Te midden van haar grote familie, haar kinderen, kleinkinderen en achterkleinkinderen. Te midden van de verre verwanten en de vrienden, die vanuit alle werelddelen voor het feest ten huize van Abels ouders bijeengekomen waren. Openhartige mensen, gelovige joden onder elkaar, door het lot innig met elkaar verbonden. Emigranten en overlevenden uit Oost-Europa die voor zichzelf en hun kinderen een eigen wereld hebben geschapen. Ik ontmoette hen in de grootste talmoedstad van het Europese vasteland: Antwerpen, de stad van mijn jeugd.
Een eerste bedeesde kennismaking en ontroerende ervaring.

Als kind zwierf ik nieuwsgierig door de straten van het Statiekwartier, waar de orthodoxe chassidim in de onmiddellijke nabijheid van hun gebedshuizen, koosjere winkels en restaurants wonen en werken. De bleke mannen in hun witte kraagloze hemd en smalle donkere kaftan, met hun hoed en bijbelse baard alsof zij net uit het Oude Testament gestapt kwamen, al die zwartgeklede heren met hoed en aktentas met een veiligheidsketting om de pols, die gehaast door de diamantwijk liepen, tartten mijn verbeelding.
Een bizarre wereld. Schier ontoegankelijk. Een mysterie.

In het overvolle winkeltje onder de rondbogen van het nog niet gerestaureerde station kocht mijn moeder bij Madame Goldstein sokken en panty's en bij bakker Kleinblatt in de Provinciestraat verse taart en koekebrood. Over *koosjer* heeft mijn Vlaamse moeder het nooit gehad. Zou zij hebben geweten wat het was?
In de supermarkt aan de Plantin- en Moretuslei waar ook joodse huisvrouwen, hun kroost in hun kielzog, de vertrouwde koosjere levensmiddelen vinden, koop ik vandaag de dag nog steeds mijn *matses* en de lekkere verse witte bonen die in elk joods gezin op sabbatavond in de kippebouillon zwemmen. Ook de vrolijke, Jiddisch babbelende, opgetooide families die op sabbatmorgen onder de prachtige oude linden in het Stadspark zitten, maken deel uit van het Antwerpse stadsbeeld. Maar ze 'blijven onder elkaar', afgeschermd van het 'andere', ingebed in de veilige geborgenheid van het 'eigene'.

Ik bleef op de drempel van het ontoegankelijke staan. Een toeschouwster. Buitengesloten.
Tot de dag waarop Yudka mij de sleutel gaf.

Aan de lange eetkamertafel in haar appartement aan de Belgiëlei zaten wij, met onregelmatige tussenpozen, maandenlang tegenover elkaar. De zilveren menora tussen ons. De sierlijk kleine Yudka met de Slavische trekken en de donkere sprekende ogen schoof de volgeschreven schriftbladen op het mahoniehouten tafelblad. Herinneringen, notities begonnen in 1984, onleesbaar neergekrabbeld tijdens de vele vluchten van en naar Antwerpen, opgetekend tijdens vakanties aan zee of in de bergen, bijeengebracht in de talrijke eenzame uren, 's nachts als zij niet kon slapen en de herinneringen op haar losbeukten. Vooral tijdens de laatste jaren en maanden, wetend dat zij ernstig ziek was. Haar tijd was om. Zij wist het.
Zij greep naar de laatste uren.

Levensfragmenten, wanhopige flarden.

Haar hele leven tuimelde in de ruimte. Haar stem, haperend, nu eens luid dan weer zacht, vaak door tranen verstikt, maar steeds opnieuw helder en beslist, was de barometer van haar wisselende gevoelens en stemmingen. Zij werd voortgedreven door de beslissing om nu eindelijk alles van zich af te praten.

Zij en ik?
Vol vertrouwen opende zij mij de deuren van haar ziel en liet mij nietsontziend in de afgrond van haar eenzaamheid kijken, in dit leven met de nooit uitgesproken afschuwelijke verwondingen.
Een dijkbreuk. Na een eindeloos zwijgen.

Uit de dialoog op de lange reis door haar verleden groeide een symbiose, ik gleed in haar huid en ging op in haar persoon. Vervuld van haar gevoelens, verlangens en verwondingen, stond ik aan het graf van haar vader in Buenos Aires, bezocht in de Borinage haar Roetheense vriendin Marika en haar familie, reisde naar Karpaten-Oekraïne, het 'Land der Beren', vond haar geboortedorpje Nove Barovo en ontmoette haar klasgenote Anna en haar pleegmoeder Iljana in deze geisoleerde, vergeten wereld, logeerde bij nakomelingen van de kleine Duitse minderheid die daar nog steeds woont en een belangrijke rol in Yudka's leven gespeeld heeft.
Niemandsland? Wij hebben er geen besef van.
Ik stelde vast hoe ongelooflijk onwetend ik was. Karpaten-Oekraïne? Een *Sjtetl*? En de holocaust? Ik las de schaarse literatuur over deze door vele heersers geschonden streek waar Yudka geboren was, haar kinder- en jeugdjaren had doorgebracht, en ik verdwaalde in een wereld, ergens aan de keerzijde van onze horizon. Ik leerde namen lezen en uitspreken, van streken, rivieren, bergen, leerde religieuze en etnische groepen kennen waar ik nooit tevoren van gehoord had, ontdekte steeds nieuwe grensverschuivingen, verbaasde mij over de smartelijke willekeurige politieke voorgeschiedenis, zocht in het

Militärarchiv van Freiburg in de geheime documenten van de Wehrmacht informatie over de toenmalige frontlijnen in deze godverlaten streek en over de geseling die in die jaren, daar in het bijzonder, allen teisterde en die het gelaat van Europa verminkte.

Toen Yudka na al het werk tevreden haar handen op de vele onleesbare bladen in haar schoot had gelegd, de laatste details uitgeput maar bevrijd op de band had ingesproken, de foto's van Anna, Iljana en de zonnebloemvelden rond Nove Barovo in de hand, stierf zij vreedzaam in de geborgen aanwezigheid van haar echtgenoot, kinderen en kleinkinderen.

De puzzel was gelegd.
Haar testament?
Mij rest de uitvoering.

1

Het vaderland – een leven zonder vader

Daar, waar alles begon,
waar de wereld haar onschuld
en God zijn masker verloor.

Elie Wiesel

Ik, Yudka Kalman, werd in 1926 geboren.
Ik ben opgegroeid in een klein dorpje in Karpaten-Oekraïne, diep in het oude Oost-Europa. Het dagelijks leven was er onbarmhartig, de mensen arm en de natuur grillig.
Een verlaten wereld. Verloren achter een eindeloos zwijgen.
De herinneringen aan de eerste jaren van mijn leven had ik als gestolen goed verstopt, de herinneringen aan mijn eerste bindingen en vriendschappen, aan mijn moeder Ester Herz, de Roetheensen Anna en Iljana en aan mijn zusje Golde. Bijna alsof ik mij ervoor schaamde.
Alleen verwarde nachtmerries achtervolgden mij 's nachts, dreven mij tot aan de rand van de waanzin.
Jarenlang. Decennialang.
De tijd heeft mijn wonden niet geheeld. Ik ben niet ontsnapt uit de hel van mijn herinnering.
Meer dan veertig jaar lang was ik versteend, leeg, verstard in het monsterachtige. Stom.
Tienmaal, twintigmaal heb ik de schriften met mijn fragmentarische aantekeningen verscheurd, steeds weer de volgekriebelde bladen verfrommeld en weggeworpen.
Nu pas, in de steeds weerkerende opwelling van heimwee en nu ik de allereerste stappen heb gezet om het onmetelijke te verwerken, wil ik dat intussen allang gestolen plekje aarde aan mijn kinderen op de landkaart aanwijzen.
In een gevoel van innerlijke verzoening met het noodlot.
'Kijk, daar ben ik geboren en opgegroeid.'
Mijn dorp. Nove Barovo.
De naam klinkt als een lokkende verre echo in mijn oren.
Maar ik wil er niet naartoe. Nooit. Ik zou er niet eens een graf vinden, waaraan ik zou kunnen schreien. Niet eens aan de sobere zerken van mijn arme voorouders.
Zelfs dat niet.
De vrome joden uit het dorp liggen nu al meer dan een halve eeuw onder het onkruid en het woekerend struikgewas. Verguisd.
Mijn geboortestreek, de provincie Marmaros, kun je alleen

maar met moeite terugvinden op een recente kaart. Te vaak is ze verdeeld, toegewezen, verraden en weer verdeeld. Gehuchten werden van hun naam beroofd, kregen een nieuwe naam, en de bonte menselijke en culturele verscheidenheid aan deze zelfkant van de wereld werd door de Tweede Wereldoorlog voorgoed weggevaagd.*
Deze wereld is alleen nog bewaard gebleven in de bittere geur van mijn herinneringen.
Mijn kinderen leven allang in een andere. Zelfbewust en zonder kwetsuren. Zonder nachtmerries.

Nu wil ik de draad naar mijn dorp, naar mijn moeder, naar mijn geboortestreek weer opnemen. Ik moet mijn kinderen, mijn kleinkinderen, mijn achterkleinkinderen vertellen wat er gebeurd is. Ik moet mijn belofte nakomen.
Het is mijn nalatenschap. Ook al kwelt mij de angst, stijgt de bitterheid op, overweldigt mij de machteloosheid.
Ik moet mij nu eindelijk bevrijden van de spoken die door mijn nachten rijden.

Mijn dorp, Nove Barovo. Het wordt niet eens genoemd in het *Book of Marmaros*, het joodse gedenkboek samengesteld door diegenen uit de streek die aan het noodlot ontsnapt zijn, dat voor eeuwig in Tel Aviv bewaard wordt. Het is niet eens opgenomen in het register bij de meer dan honderd kleine dorpjes en *Sjtetl* in Karpaten-Oekraïne, tussen Boven- en Beneden-Apsa, Terishel en Terebla, Chust, Sighetul en Sepinka, Deutsch-Mokra, Königsfeld en Boesjtina.
Zelfs daar niet.
Wij waren arm, vroom en dus onbeduidend. Wij, de amper tweehonderdvijftig joden in het dorpje tussen de zonnebloemvelden aan de voet van de Karpaten. Alleen niet onbeduidend genoeg om niet opgejaagd en weggevaagd te worden. Om niet afgemaakt en uitgewist te worden.
310 armzalige huisjes telde het onbekende Nove Barovo.
Van vandaag op morgen stonden er 52 leeg.

1941. Een heel dorp, van de ene dag op de andere *judenrein*. Niets ongewoons. Niet de moeite van het noemen waard.

Zij heetten Herz en Kaufman, Nachmann en Davidovits, Laizar en Itzkovitz. Het waren kleermakers, schoenlappers en smeden, handelaars, herbergiers en houthakkers. Eenvoudige mensen, met wie ik elk dag omging, vrienden van mijn moeder, buren.

De oude mensen in het dorp vertelden dat de eerste joden na de gruwelijke pogrom van 1648 in het Hongaarse Marmaros aankwamen. Toen trokken de Kozakken en hun cynische bondgenoten al decennialang plunderend en moordend door grote gebieden in Polen en Litouwen. De apocalyptische ruiters bereikten Lvov in Galicië. In de veroverde steden was de Poolse en vooral de joodse bevolking overgeleverd aan de barbaarsheid. Bijna 125.000 joden vielen hen ten offer. De overlevenden namen have en goed en sloegen op de vlucht. Zo trokken zij over de bergen. Over de Karpaten. Van het oosten naar het zuidwesten. Weg uit Polen. Weg uit Galicië. Op zoek naar een vreedzaam tehuis, een veilig bestaan.

'Hout is het goud van de Karpaten', herhaalde mijn moeder steeds weer.
Ik hoor nog haar heldere stem, klinkend als een zilveren klok. Wat was ze mooi, mijn kleine mama, wat was ze wijs. Het goud van de Karpaten waarover zij het zo graag had, was haar niet beschoren. Integendeel. Mijn grootmoeder werd veel te vroeg weduwe. Mama's broer trok al in 1928 naar België om daar zijn brood te verdienen. Moeder bleef alleen in Nove Barovo achter en verkocht haar bruidsschat, een stuk bos en een lap grond, om de opbrengst mee te kunnen geven aan Moishe Kaufman, haar jonge echtgenoot en onze vader, die in Argentinië zijn kans wilde wagen.
Zij was toen tweeëntwintig, ik was twee en mijn zus Golde zes maanden.

Er is niets wezenlijks veranderd in Nove Barovo.* Eindeloze velden vol wiegende zonnebloemen liggen nog steeds aan de rand van het povere dorp, dat zich tegen de zachtglooiende heuvels aan de voet van de onherbergzame Karpaten vlijt, de uitlopers van de bergen. Eenden en ganzen ploeteren door de waterplassen en magere mormels, aan de ketting gelegd, keffen over de modderwegen heen tegen elkaar. Kippen, nieuwsgierige geiten, katten en vuile biggetjes liggen lui te slapen in de voortuintjes. Wijn rankt van huis naar huis. Een zweem van zuiderse zorgeloosheid en charme voor diegene die niet vermoedt hoe machteloos de arme keuterboer zoals vroeger tegen de armoede optornt.
Zware druiven tussen roestbruine bladeren. Een schijnidylle. Wanneer oktober sterft, wordt de vrucht geperst, de wijn gebotteld. Bedwelmend elixer voor de lange, ongezellige, koude winteravonden wanneer de gure wind over de Karpaten jaagt, het hout voor de kachel in de kamer schaars wordt en het meel voor het brood slinkt.

Troosteloos, arm einde van de wereld.
De tijd heeft hier eeuwenlang de adem ingehouden.

Hoe zeer heb ik dit trotse 'Land der Beren' liefgehad, deze streek waarvan de dichte wouden deels nog steeds niet cartografisch vastgelegd zijn.*
Vandaag heet het Sakarpatska Oblast.
Lege letters.
Moet ik er op een dag met mijn kinderen naartoe? Met mijn kleinkinderen Moishe, Schleimi, Rifke, Golde, Itsche, Ester, Uri, Ruth?
Nee. Zij zouden het niet begrijpen.
Wat weten zij over de joden van Marmaros die destijds moeizaam te voet of op de rug van een sukkelend oud paard omstreeks de joodse feestdagen over deze geheimzinnige bergen en door de smalle diepe dalen trokken om ginds in Galicië hun wijze rabbi, de heilige Zaddik, te bezoeken. In Kasov of

Wizsnitz. De vrome chassidim: dit landschap was hun vaderland. Een vaderland dat blijkbaar geen geschiedkundige ooit geboeid heeft. Er is slechts weinig, en dit fragmentarisch of mondeling overgeleverd. De dagelijkse strijd om te overleven bepaalde het schamele bestaan van de bewoners. Ook van de joden. Ook van mijn familie, van mijn moeder.

Nove Barovo. Gisteren en vandaag.
Het stemt mij weemoedig.
Opnieuw hoor ik heel duidelijk moeders heldere lach. Was zij een gelukkige vrouw? In Nove Barovo wel. Daar was zij opgenomen in de haar vertrouwde joodse gemeenschap en geborgen in de eenvoudige vriendschap met de Roethenen.
'Ester was een opmerkelijke vrouw, een goed mens', vertelde mij Petro Pilz later, de broer van Poli Pilz, die 'Zwaab' uit Nove Barovo die mij in 1944 hielp vluchten en daardoor zijn hele gezin in gevaar bracht.
'Daarom hebben we haar en ook jullie altijd geholpen.'

Hoe konden de beulen ons onze onbevangenheid ontroven? Zonder meer?

Mijn moeder, Golde en ik. Iljana en het dorp. Oom Schlomo, kleermaker Itzkovitz en vele anderen. Wij waren één grote familie. Mama was een sterke persoonlijkheid, trots en vlijtig, goedhartig en zelfbewust. Ik was fier op haar. Ik heb mijn vader niet gemist. Hij had ons verlaten. Zo zag ik dat. Simpel? Ik was een kind. Wat wist ik over de sociale situatie in de Marmaros, over politieke achtergronden? Over armoede en ellende?
De ellende dreef de joden evenals de inheemse boeren destijds in de armen van gewetenloze emigratieagenten. Reeds op het eind van de 19e eeuw trokken deze rattenvangers door de dorpen op zoek naar goedkope werkkrachten voor de ontsluiting van Noord-Amerika, Brazilië en Argentinië.* Een louche handel in hoop. Een pokerspel met als inzet het ver-

langen naar een betere toekomst. Op het einde van de jaren '20 – mijn vader verliet Nove Barovo in 1929 – zochten vele joden hun heil in de emigratie. Een strohalm? Het was een revelatie voor onze streek. Want tot dan toe waren de joden van Marmaros, ondanks de bittere armoede, erg aan hun geboortestreek gehecht. Zij stonden argwanend tegenover avonturen. Maar de politieke situatie dwong hen tot andere initiatieven. Ze zagen het niet meer zitten en lieten de moed zakken. Ze emigreerden naar de Verenigde Staten van Amerika, naar Palestina en naar Zuid-Amerika en hoopten op een betere toekomst.

Zoals mijn vader, Moishe Kaufman.
Talrijke vrouwen bleven achter.
Zoals mijn moeder, Ester Herz.

De afwezige vader of echtgenoot was niets ongewoons in een dorp of in een *Sjtetl*. De vrouwen namen het roer in handen, hoopten dat ze hen ooit met de kinderen zouden kunnen nareizen. Maar daar kwam meestal niets van terecht. Een vrome jodin werd tweemaal zo hard door dit noodlot geslagen, want zij kon niet als weduwe beschouwd worden noch als gescheiden, omdat volgens de joodse religie de man in een echtscheiding moet toestemmen.
Dit was het lot van mijn moeder.

Het land bood geen toekomst. Voor niemand.
De afwezigheid van mijn vader is mij pas veel later zwaar gevallen. Tijdens de onwaardige jaren van de vlucht besefte ik de wanhopige eenzaamheid van mijn sterke moeder, ook al sloeg zij zich er zonder klagen doorheen. Dat stemde mij bitter en onverzoenlijk. Mijn vader was de geluksvogel die ver weg was. Ver weg. Veilig. Zo zag ik dat tenminste. Hij was er in mijn ogen vandoor gegaan, was weggeslopen, had de gemakkelijkste weg gekozen, alleen aan zichzelf gedacht. Mijn moeder bleef in deze hel achter, met twee kleine kinderen, zonder

een duit. Daarvoor heb ik hem in mijn hart jarenlang verantwoordelijk gesteld.
Tante Fritzi, de zus van mijn vader, en oom Aron, de broer van mijn moeder, die beiden tegen het eind van de jaren '20 naar België geëmigreerd waren, vertelden mij na de oorlog hoeveel mijn vader van mijn moeder gehouden moest hebben. Dat verzoende mij enigszins met het verleden. Misschien teerde mijn moeder, die nooit over dergelijke dingen sprak, op de liefde tussen haar en mijn vader, ook al was hij ver weg. Het ongrijpbare.
Ik had echter het gevoel dat ik geamputeerd was. Vaderloos. Een trauma? Had ik gelijk? Nee. Toch zijn smart en bitterheid gebleven. Moeders charme en moed kwijnden weg, haar vrouwelijkheid en optimisme verstikten in de verschrikkingen van de oorlogsjaren. Mijn vader was er niet. Nooit. Ook al ben ik ondertussen een oudere vrouw geworden, een trotse grootmoeder en overgrootmoeder, ik kan mijn vader niet vergeven. Mijn verstand zegt dat ik niet rechtvaardig ben. Hoe had de jonge vierentwintigjarige Moishe Kaufman toen hij zich inscheepte voor Argentinië, kunnen vermoeden dat in Europa een smeulend vuurtje zou uitgroeien tot een laaiende moordende brand die miljoenen mensen het leven zou kosten?
Na het inferno en de barbaarse oorlog zette hij alles op alles om ons te vinden. Hoelang had hij niets meer van ons gehoord? Mijn moeder sprak er nooit over. Neef Gerson drong er later op aan dat wij naar Argentinië emigreerden. Nee. Dat wilde ik niet. Toen alles voorbij was, wilde ik wel weg uit mijn verwoeste geboorteland, weg, tot aan het einde van de wereld, maar niet naar Argentinië.
Ik wilde mijn vader niet zien.
Toen hij hoorde dat mijn moeder de oorlog niet overleefd had, hertrouwde hij.
Hij kreeg nog twee kinderen.
Mijn moeder? Zij kwam op de afschuwelijkste wijze om het leven.
Ik krijg het niet uit mijn hoofd.

Haar leven en zijn leven? Gerechtigheid?
Ik heb het nooit kunnen verwerken.

Nu ik oud ben kan ik afstandelijker oordelen en ik weet: hij was een man die geen geluk had. De eindeloze jaren van scheiding hebben ons van elkaar vervreemd. Mijn vader had in Buenos Aires, ver weg van Nove Barovo, zijn joodse identiteit gedeeltelijk verdrongen. Zoals zovele anderen die na de ontberingen in Karpaten-Oekraïne daarginds een nieuw leven begonnen waren. Vierentwintig was hij toen hij de uitzichtloosheid achter zich liet. Jong, goedgebouwd, hongerig. De halve wereld lag tussen hem en het gefolterde Oost-Europa. Zijn vrouw en kinderen? Vage schimmen. Niet vergeten maar verdrongen, mensen die zich alleen nog maar bewegen in weemoedige herinneringen en verbleken in de dagelijkse strijd om het eigen overleven.
Wij waren ver, ver weg, uiteindelijk vreemden. En hij was voor ons een vreemde. Zijn verhaal was niet ons verhaal.
Op zekere dag, het moet in het voorjaar van 1986 geweest zijn, heb ik mijn halfbroer David en mijn halfzuster Ester Kaufman uitgenodigd naar Antwerpen te komen. Tante Fritzi, vaders zus, had erop aangedrongen. En uiteindelijk had ik toegegeven. Ik wilde met hen kennismaken. De ontmoeting stemde mij droevig. In David zag ik vertrouwde trekken, trekken van mijn vader? Zag hij er zo uit op die leeftijd? Met grijze slapen en een hoog voorhoofd?
Maar wij spraken niet dezelfde taal. David en Ester kenden de joodse tradities niet en onze instelling was te verschillend.
De vonk sprong niet over.
Wij hebben elkaar nooit meer teruggezien.

Mijn vader, Moishe Kaufman, is in 1955 op de joodse begraafplaats van Buenos Aires ter aarde besteld. Het kleine, armoedige graf is moeilijk te vinden op de oneindig grote begraafplaats, gelegen op enkele kilometers buiten de stadsgrenzen van de Zuidamerikaanse metropool. De zerk staat scheefgezakt

tussen de praalzerken van succesvollere joodse emigranten. 'Difunto Moishe Kaufman – Fallecido el 26 de diciembre de 1955 – Cementerio Tablada Tablon 1177 Sep 29 secc...'
Ik had graag een nieuwe steen gekocht. Maar dan verdrong ik dat weer.
Toch laat het mij niet los. Het adres van een steenhouwer niet ver verwijderd van de Asociacion Mutual Israelita Argentina – Comunidad de Buenos Aires, ligt op mijn schrijftafel.

2

1926-1941
Het dagelijks leven in Nove Barovo: wij waren allemaal op elkaar aangewezen

Hoor, oh Israël! Gij beschouwt u als het uitverkoren volk
en ge leeft gemener dan de honden...

Baal Machsjabbot

Wij joodse meisjes zaten op dezelfde schoolbank als de Roetheense dorpskinderen. Anna, de op een na jongste dochter van de Roetheense boer Michael Ivanovitsj Tolvay, was mijn schoolvriendin.
'Kijk maar eens naar haar, naar Anna', plaagde mijn vlijtige moeder mij soms. 'Zij vlecht de challoth al beter dan jij!'
Mama had het vinnige buurmeisje in haar hart gesloten en Anna was bij ons kind aan huis. Met Anna Tolvay bezocht ik regelmatig de Grieks-katholieke eucharistieviering in de kerk naast ons. Wij waren boezemvriendinnen, fluisterden elkaar geheimpjes in het oor en waren vier handen op een buik. Wanneer we onze moeders niet moesten helpen, zwierven we samen door de omliggende velden, hielpen bij de aardappeloogst, verstopten ons in de bosjes en beloofden elkaar eeuwige trouw. Net als alle kinderen over heel de wereld.

Mijn jeugdvriendin Anna leeft nog altijd in Nove Barovo. Bescheiden en arm. Net als honderd jaar geleden. Een Roetheense boerin, de grijsgeworden vlechten onder een donkere hoofddoek verstopt, overgeleverd aan een achtergebleven wereld, getekend door de verschrikking van een eeuw, waarvan de barbaarsheid niet wil eindigen.

Mijn moeder, een gelovige jodin, kende alle Roetheense vrouwen in het dorp. Haar beste vriendin Iljana, een kinderloze boerin, bekommerde zich liefdevol om mij en mijn zusje Golde. Mama had maar weinig tijd. Dan kneep Iljana een oogje dicht en verwende ons. Wij leefden zeer bescheiden. Het water haalden wij uit de put in de voortuin, van elektriciteit hadden wij nog nooit gehoord en onze huisjes leken meer op hutten. De ongeplaveide dorpsstraten veranderden in de herfst door de aanhoudende regen in modder. Het hele gezin, ouders, kinderen en grootouders, huisde in een enkel vertrek dat tegelijk keuken, werk-, eet- en slaapkamer was, en waarin, vooral bij de Roetheense boeren, in de winter de kalveren, lammeren, biggen en ganzen ravotten en de aardappelen opgeslagen

werden zodat ze niet bevroren. Midden in de woonruimte stond de grote, lemen kachel, waarop mijn moeder onvermoeid kookte en het fruit droogde.
Heerlijke geuren, vertrouwde gezelligheid. Armoede.

De schoolplicht werd pas ingevoerd nadat de Tsjechen na de Eerste Wereldoorlog aan de macht gekomen waren.* De Roethenen mochten eindelijk hun eigen taal op school spreken, leren lezen en schrijven.
De Tsjechische onderwijzers trokken van dorp tot dorp om de kinderen te helpen en zochten onderdak. Omdat mijn moeder nooit iets geleerd had, nam zij hen in pension. Zo hield zij ons kleine gezin boven water. Mama gaf haar laatste cent voor onze opvoeding. Zij was een vooruitziende en ongewone joodse vrouw.
'Yudka, jij moet iets behoorlijks leren', zei zij energiek, ook al was een schoolopleiding voor joodse meisjes destijds niet gebruikelijk.
'Wie weet wat het leven je nog brengt', zei ze en dacht daarbij zeker aan haar eigen lot.

Toen ik, tien jaar oud, geslaagd was voor mijn toelatingsexamen voor het Russische Lyceum in Chust, bracht moeder mij naar een nicht van mijn vader in het provinciestadje. Van 1936 tot 1940 ging ik in Chust naar de middelbare school. Ik mocht slechts vier keer per jaar naar huis. De wegen waren slecht, en het reizen was vermoeiend. Voor mijn moeder was mijn opleiding in Chust een zware financiële last. Maar zij stond erop. Zij leidde een eenvoudig en bescheiden leven in het *Sjtetl* Nove Barovo.
'Yudka, laat Anna eens zien hoe je *tjolent* kookt', riep mama al vaker. Anna wist hoe het eraan toeging in de koosjere keuken en ik liep bij de familie Tolvay binnen en buiten.
Wij mochten elkaar graag.
In het dorp waren wij allemaal op elkaar aangewezen. De joodse kleermaker werkte met Roetheense leerlinges, en heel

wat joodse boerinnen hadden een Roetheens dienstmeisje, die niet alleen koosjer eten voor de kinderen kon koken maar die ook op sabbat de boodschappen deed en voor het chassidische gezin de kachel aanstak. Wij gingen vertrouwelijk met elkaar om. Het was dus ook niets bijzonders dat ik, met kinderlijke nieuwsgierigheid, aan een Grieks-orthodoxe viering deelnam, ook al vindt een echte vrome jood dat je het gebouw van de katholieke Kerk moet mijden of zo vlug mogelijk voorbij lopen en een beschermend gebed prevelen.
Hoeveel katholieke priesters hebben niet later in de donkere jaren de opgejaagden en vervolgden op hun gewijde kerkhoven verborgen? Een laatste toevlucht? Ook wij kwamen op een dag in de gruwelijke vervolgingsperiode op een gojs kerkhof terecht.
Het was onze redding.
Maar dat is een ander verhaal.

Anna en Marika, de oudste zus van mijn vriendin, namen het niet zo nauw met de schoolplicht. De meisjes moesten trouwens thuis helpen en op het veld werken. Dat was voor de ouders belangrijker dan onderwijs, ook al was Michael Ivanovitsj Tolvay rijker en bezat hij meer land dan de meeste joden.
'De heren in Boedapest dachten alleen maar aan zichzelf. Het lot van de Roethenen kon hen geen barst schelen', beweerde mijn moeder en in haar stem klonk iets van opstandigheid.
De Hongaren hadden zich tijdens het eeuwenlange regentschap nauwelijks beziggehouden met de ontwikkeling van de bevolking.
Voor de Eerste Wereldoorlog kon meer dan de helft van de mensen lezen noch schrijven. De Roethenen waren onderontwikkeld. Maar het ergste kwaad was en bleef de drank. Zij destilleerden een brouwsel uit hout en ook al smaakte dit spul naar het schijnt afschuwelijk, de inheemse bevolking dronk het bij elke gelegenheid.
'Onze boeren drinken veel en graag water,' spotte men in Nove Barovo, 'maar alleen wanneer het gestookt is!'

Mijn moeder kon natuurlijk lezen en schrijven. Daardoor werd zij in het dorp als een echte 'intellectuele' beschouwd. Zij lachte trots wanneer iemand over haar zei: 'Zij heeft het hoofd van een man.' Ook al vatte lang niet elke jodin dat indertijd op als een compliment. De talmoedstudie was voor ons meisjes niet toegankelijk. 'Een joodse vrouw die onderwezen is in de talmoed is geen goede partij.' In het *Sjtetl* was dit een ongeschreven wet. Maar moeder liet zich daardoor niet beïnvloeden. Zij stond erop dat ik meer talen zou leren.
'Jiddisch is gewoon te weinig, kind', vermaande ze mij. 'Leer Tjechisch en Russisch. Een taal spreken betekent vrijheid. Je moet het ooit beter hebben dan ik.'
Mama kon in het dorp bijzonder goed overweg met de 'Zwaben', de families Pilz en Manditsch. De Duitsers, die deels in de 18e eeuw naar de Karpaten gekomen waren en in Deutsch-Mokra, Königsfeld en Dombo of in de buurt van Moekatsjevo leefden, hadden eigen onderwijzers en stuurden hun kinderen naar school. Wij joden waren weliswaar niet 'ontwikkeld' in de traditionele betekenis van het woord, maar wij werden thuis en in de synagoge steeds aangemaand om te leren.
'Kennis is het belangrijkste' was en bleef moeders devies. Ze betekende voor haar meer dan materieel bezit.

Ik was vertrouwd met de zeden en gewoonten in het *Sjtetl*, met de opmaak van de joodse vrouwen en de mannen in hun lange zwarte kaftan, met hun zwarte hoed, de *peijes*, de lange, ritueel voorgeschreven haarlokken aan de slapen, en hun patriarchale baard. Geen enkele joodse verliet zonder hoofdbedekking het huis. Wij voelden ons verbonden met de religieuze traditie en leefden volgens de Mozaïsche wet. De donkere kleding, zo verschillend van de dagelijkse kleurrijke dracht van de Roethenen, leek mij niet opmerkelijk.
Ik kende niets anders.
Itzkovitz verkocht haver en suiker, brandewijn en garen, zeep en karamellen, liet zich bij de boeren daarvoor in ruil eieren, gevogelte, lammeren en brandhout geven om die dan weer in

de stad op de markt aan te prijzen. Van de opbrengst kocht hij daar zout, meel en andere noodzakelijke spullen goedkoop in om die dan weer in het dorp met een kleine winst aan de man te brengen of te ruilen. Een eeuwige kringloop. Hij gaf mama ook wel eens een paar dagen krediet. Dat kon zij soms goed gebruiken.

De kleermaker Nachmann naaide voor de Roetheense boerinnen de zondagse jurken en linnen bloezen. Wij meisjes mochten toekijken terwijl de naaimachine ratelde, maar hij verloor snel zijn geduld.

'Ga buiten spelen', schreeuwde hij dan, zodat heel de straat het kon horen.

De scheefgegroeide, zonderlinge marskramer Laizar kende iedereen en iedereen hield van hem. Hij trok met zijn waar van huis tot huis, kende Jan en alleman en was op de hoogte van de laatste kleine en grote nieuwtjes uit de streek.

'Zsigmond Guttman uit Chust is gestorven', vertelde hij mijn moeder aan de keukentafel bij een kop hete thee. Mama wilde weten of Jakob Haasenfeld uit Boesjtina nu inderdaad met Sara Simonovits ging trouwen. Laizar was van elke roddel uit de stad op de hoogte, vertelde de boeren over de nieuwste landbouwmethoden, kon precies beschrijven welke nieuwe produkten, machines en weet ik veel op de markten in de streek werden aangeboden en wist waar een kind geboren was en waar iemand gestorven was. Zo trok hij van dorp naar dorp en van stad naar stad.

Lang na de oorlog bracht Laizar mij in Antwerpen nieuws over Marika Tolvay. Haar man, Michael Poppovitsch, was in 1937 naar België geëmigreerd en beproefde zijn geluk in de Belgische mijnen in de Borinage. Laizar had de holocaust overleefd en prees op de Belgische markten zijn waren aan. Zo had hij Marika ontmoet. Via haar kreeg ik toen jarenlang nieuws uit mijn geboortestreek. Van haar vernam ik hoe het met Iljana ging en dat Anna intussen eveneens getrouwd was en kinderen had.

Veel joodse mannen in Nove Barovo werkten met Roetheense dagloners op de velden. En veel joodse vaders pachtten voor een seizoen een bloeiende boomgaard. In het langgerekte dal aan de voet van de Karpaten waren er genoeg. Voor een echt grote boomgaard hadden de meeste joodse vaders geen geld genoeg. Dus huurden ze een kleine gaard om de oogst van een seizoen te kunnen verkopen. Dit was hun enige kapitaal. De fruitbomen vol rijpende appels, kersen en peren moesten bewaakt worden omdat vogels en andere dieven voortdurend op de loer lagen. Alle familieleden van de pachter moesten eraan geloven en om de beurt de wacht houden. Dan zat daar een thorastudent onder een appelboom, de tallieth, de gebedssjaal, om de schouders en het keppeltje op het hoofd, gebogen over de heilige geschriften.

In Nove Barovo waren alle joden diepgelovig. Dat heerlijke gevoel van erbij te horen. De vrome gemeenschap kende een innige samenhorigheid, een archaïsche geborgenheid en een intact familieleven. Voor ons, kinderen, betekende dat verbondenheid. Vast ingelijfd in een veilige wereld, vertrouwd, met vaste spelregels.

Wanneer ik mijn ogen sluit zie ik hen voor mij. Op sabbat en tijdens de hoogtijdagen. De vrome mannen in hun zijden kaftan, al was het misschien geen echte zijde, al was de feestmantel wat uitgerafeld, kaal en hier en daar gestopt, verschoten. Trotse vrouwen in de met parels bestikte donkere japon.

Op sabbat 'is elke jood een koning, elke jodin een koningin'. Reeds op vrijdagmiddag geurde het thuis naar *challoth*, het heerlijke witte sabbatbrood, de trots van elke joodse huisvrouw. En naar *tjolent*, de bonenstamppot die de hele zaterdag lang pruttelend op de kachel bleef staan, zodat we iets warms te eten kregen. Dat konden we tijdens de gure wintermaanden in de Karpaten goed gebruiken.

Moeder was een vrome vrouw en vervulde haar joodse plichten. Zij stak op vrijdagavond de kaarsen aan en sprak de zegen over de sabbatwijn.

's Zaterdags was er in het dorp niet veel te doen. Bijna alle winkels en de dorpsherberg werden door joden uitgebaat en vele ambachten werden door joden uitgeoefend. Zij werkten niet op sabbat en dan konden ook de Roethenen niets kopen of verkopen. De Roethenen waren eraan gewend.
Voor een *sjochet*, een rituele slachter, of de raad van een rabbi, gingen wij naar Boesjtina*, een klein stadje op 6 km van Nove Barovo. De joodse jongens gingen naar de *cheder*. Dit dorpsschooltje bestond uit maar een klein klaslokaal, een kaal vertrek waar nooit gestookt werd. In de winter kon het wel eens 20 tot 30 graden onder nul worden, maar het onderwijs ging door. De innigste wens van alle joodse ouders was dat hun zoon thorastudies zou kunnen doen. Maar meestal bleef het bij een droom. Slechts een handvol joden uit Boesjtina en het *Sjtetl* uit de omgeving konden hun zonen naar een middelbare school sturen, laat staan naar een universiteit. Het offer was vaak te groot. Het betekende niet alleen dat de zoon lange tijd ver weg van huis woonde en veel geld kostte, maar ook dat hij zou vervreemden door de invloed van de gojim. Dat wantrouwen zat bij de conservatieve joden van Marmaros diep. De meeste joodse ouders zagen dan ook liever dat hun zoon een ambacht leerde of arbeider werd. Zij leerden een stiel en werden kleermaker of schoenlapper, houtbewerker of landbouwer. Zoals hun vaders.

Dat was onze wereld, dat was ons leven.
Dat was mijn leven.

De kleine synagoge waar het thoraschrijn en de thorarollen werden bewaard, was in Nove Barovo het middelpunt van de hele joodse gemeenschap. De communisten lieten het kleine roze gebouw na de Tweede Wereldoorlog als een soort clubhuis verkommeren. Op de deur staan in cyrillisch schrift de openingstijden aangegeven. Af en toe wordt er een film getoond.
Onder elkaar spraken we Jiddisch maar in het dorp de taal van

de Roethenen. De joodse vaders leerden hun dochters lezen. Een joodse vrouw moest ten minste weten wat er in de krant stond.
'Ik voel mij vereerd', schertste oom Schlomo en trok ons speels aan de oren. Moeder had hem gevraagd om ons teksten voor te lezen en ons wat algemene kennis bij te brengen. 'Elke joodse vrouw moet ten minste een brief kunnen schrijven en een roman in het Jiddisch kunnen lezen. Hoe degelijker de opvoeding en opleiding van een meisje, des te groter is haar waarde als bruid!' vond hij en lachte schelms. Golde en ik luisterden graag naar hem. Hoeveel heb ik van deze belezen oude man geleerd, en hoe vaak heb ik beleefd dat de dorpsbewoners bij mijn oom kwamen, om raad vroegen, met hem spraken over hun echtelijke moeilijkheden, over burenruzies, zijn mening vroegen in verband met contracten, de koop en verkoop van landerijen, bossen, een huis, hun hart luchtten over kinderen en verwanten. Dan zat hij geduldig te luisteren, wist raad in juridische zaken en hielp hen die niet konden lezen of schrijven, bij het invullen van formulieren, al had hij nooit een hogere school bezocht. In de kleine dorpjes van de omgeving waren de joden vaak onmisbaar.
Ook de winkeliers en de herbergier van Nove Barovo waren joden. De kleine winkeltjes en cafeetjes waren het toneel van een levendige ruilhandel. Velen betaalden in natura. Menig joods koopman of herbergier bracht het in de loop van de tijd tot een bescheiden welstand, en daar droeg ook het lenen van geld als bijverdienste toe bij.
In de stad ging het er anders aan toe. Wie het daar niet tot een 'warenhuis' bracht, had toch op zijn minst een kraam. Goedkope kleding, modeartikelen, speelgoed, namaakjuwelen, prullaria, huishoudartikelen en andere spullen, alles was te koop. Een bonte bedrijvigheid.
Zakenlui, handelaars, wijnboeren, al dan niet in goede doen, restaurant- en hoteleigenaars, grossiers en het grootste deel van de intelligentsia van het land was joods. De joodse intellectuelen beïnvloedden het openbare leven. Het werd hen niet

misgund. Over het algemeen kwamen wij joden dus goed overeen met de Roethenen. Iedereen had zijn eigen gebruiken, vierde zijn eigen feesten, droeg zijn eigen rouw. De Grieks-orthodoxe Roethenen vierden hun Kerstmis en Pasen, doopfeesten en bruiloften. Ook wij bleven op feestdagen onder ons, hadden onze Bar Mitswa, het feest waarop voor de dertienjarige joodse knapen de religieuze voorschriften bindend worden, en Poerim, het vrolijke uitgelaten feest ter herinnering aan de redding van ons volk door Esther. Hoe vaak keken de Roethenen niet toe op de joodse feestdagen, bijvoorbeeld op de laatste dag van Simchat Torah (Vreugde der Wet), als onze mannen vrolijk op straat dansten?

Wie dacht er aan haat? Aan verraad?
Wie dacht er aan uitroeiing? Aan vernieling? Voor altijd?
Wie had het zelfs maar kunnen dromen dat wij vijanden zouden worden, wie had zich kunnen voorstellen dat wij zouden worden uitgeroeid?
Ik was nog een kind. Moeder voedde ons op in een geest van verdraagzaamheid. Voor haar was dat vanzelfsprekend.
Des te onbegrijpelijker leken mij later de onbeschrijflijke gebeurtenissen die ons overspoelden. Wegspoelden.

'Het probleem lag bij de machtigen.'
Volgens oom Schlomo zaten degenen die aan de touwtjes trokken in Boedapest.
'Hongarije kon de nederlaag en het feit dat het de provincie Marmaros na de Eerste Wereldoorlog aan de Tsjechen moest afstaan, niet verwerken. De heren in Boedapest hebben zich nooit verzoend met de nieuwe grenzen. Zij spelen weer als vroeger met de gedachte de gebieden die voor de Eerste Wereldoorlog aan Hongarije toebehoorden, opnieuw in te lijven.'
Hitler kwam de Hongaren te hulp. In 1939 marcheerden Duitse troepen Bohemen en Moravië binnen en kort daarna kwamen de eerste Hongaarse troepen in ons land aan.*

De teerling was geworpen.
'Het zal wel loslopen', meende moeder, die niets tegen de Hongaren had. 'Dat zijn immers beschaafde burgers.'
Mama was voor de Eerste Wereldoorlog geboren en sprak een mondje Hongaars.
De meeste mensen in Karpaten-Oekraïne dachten hetzelfde.

3

1941
DE NACHT DER NACHTEN

Daarom is voor mij de daad van het schrijven dikwijls niets anders dan de onuitgesproken of bewuste wens enkele woorden in een grafsteen te beitelen: ter herinnering aan een verdwenen stad, aan een jeugd in ballingschap en – natuurlijk – ter herinnering aan allen die ik heb liefgehad en die zijn heengegaan, voordat ik het hun kon zeggen.

Elie *Wiesel*

Ik was net veertien, toen de Hongaren Tsjechoslovakije binnenmarcheerden. Zij bezegelden ons lot.
In de voorzomer van 1941 kwam ik opgewekt van Chust naar huis. Het was eindelijk vakantie! Ik was dolblij. Het pesachfeest stond voor de deur. Buiten rook het heerlijk naar de vochtig-warme zomerlucht. Ik wist dat moeder bijtijds met de grote schoonmaak begonnen was, alle kleren had uitgeklopt en uitgeschud, in de zon had laten bleken, alle potten en pannen, borden en kopjes gespoeld en gewassen, de kachel opnieuw gekalkt, gekeerd en geveegd, geboend en gepoetst. Tot de handen kapot waren.
O jij, mijn 'jiddische Mamme', hoezeer heb jij mijn leven beïnvloed, hoezeer heb jij mijn denken gevormd.
'Yudka, kijk even na of het pesachservies in orde is. Ik heb het uit de kelder gehaald', zei zij bij wijze van verwelkoming en betrok mij daarmee onmiddellijk bij ons huishouden.
Ik vond het zalig om na al die lange maanden weer thuis te zijn. Hoeveel eieren zou mama opgespaard hebben voor de noedels en matses, ons lekkere pesachgebak? Ik sloop heimelijk de kelder in. Nu nog altijd overvalt mij bij de herinnering aan de vochtig-muffe geur van de voorraadkamer in het bescheiden huisje in Nove Barovo een lichte duizeling. Heimwee.
Als gelovige jodin kneedde mijn moeder op Pesach natuurlijk zelf het matsedeeg. Dit platte gebak is sinds de oudste tijden voor ons joden het symbool geweest van het ongedesemde brood, dat destijds bij de uittocht van de joden uit Egypte zonder gist gebakken werd omdat de moeders geen tijd meer hadden om op het rijzen van het deeg te wachten.
Hoe vaak heb ik later dit verhaal aan mijn kinderen en kleinkinderen verteld? Altijd weer opnieuw. De nacht van de wake – hoe symboolzwanger en spookachtig achteraf bezien!
Op de thuisweg van Chust naar Nove Barovo had ik mij verheugd op het seidermaal, het *chazaret*, de mierikswortel, het *charoset*, de met wijn vermengde amandelen en appels, en de *maror*, het bitterkruid. Ik kende het pesachritueel vanbinnen

en vanbuiten. 'Waarom is deze nacht anders dan andere nachten?' zouden de kinderen zoals altijd vragen. En de ouderen zouden, zoals de millennia oude traditie dat voorschrijft, ten antwoord het verhaal van de Uittocht, de Haggadah, voorlezen. Het glas wijn voor de verwachte gast, de profeet Elia, zou niet ontbreken... ook bij ons niet, ook al waren wij maar een half gezin. Want de overlevering wil dat men na het avondmaal, voordat de gebeden worden uitgesproken, aan de profeet Elia een kelk wijn aanbiedt.

Nacht der nachten.
Wie kon vermoeden dat de Hongaarse gendarmen reeds rondgingen?
Wie kon vermoeden dat dit pesachmaal voor velen in Nove Barovo het laatste zou zijn?

'De wegen buiten het *Sjtetl*, zij leidden naar alle delen van de wereld. De wegen binnen het *Sjtetl*, zij leidden naar een kring. De kring des doods', schrijft Joachim Riedl.
De kring des doods.

Wij zouden weldra merken dat het Hongaarse regime veel barbaarser en gewelddadiger was dan het chaotische bestuur van de Roethenen. Onmiddellijk na de machtsovername waren wij aan de onderdrukking overgeleverd.
Marskramer Laizar bracht de ene jobstijding na de andere. Iedereen luisterde. Niemand sprak een woord. De vinnige leurder vertelde dat in de grotere plaatsen al joodse vermogens geconfisqueerd werden, dat joden onteigend, hun handels- en arbeidsvergunningen ingetrokken werden. Vele joodse gezinnen waren van de ene dag op de andere brodeloos.
'De God van Abraham zal ons bijstaan', fluisterde oom Schlomo. Zijn vertrouwen was onwankelbaar.

Toen wij in 1939 door de Hongaren ingelijfd werden, moesten wij ons nieuwe paspoorten aanschaffen. In plaats van een

Tsjechische pas hadden we onmiddellijk een Hongaarse nodig. Maar vrijwel niemand was erin geslaagd bijtijds aan de juiste papieren te komen. Dat zou ons noodlottig worden. Toen de Hongaarse gendarmen na het pesachfeest van 1941 in Nove Barovo ons hun dwingelandij oplegden, beschikte geen enkele jood in het dorp over een Hongaarse pas. En dus werden wij allemaal, zonder een enkele uitzondering, *umgesiedelt*. Dit wil zeggen: geëvacueerd. Gedwongen. Zonder commentaar.*

Binnen vierentwintig uur.

'We gaan naar Polen', dacht moeder. 'Daar zullen ons huizen toegewezen worden.'
Angst weerspiegelde zich in haar ogen. Angst en woede.
Golde huilde. Ik voelde mij beroerd.
De paniek was groot.
De gelaarsde Hongaarse militie marcheerde door de straten.
'Sabbatmorgen om zeven uur op het dorpsplein verschijnen!' schreeuwden ze in de deuropeningen.
De vrome joden moesten op de Dag des Heren in alle vroegte een overeenkomst ondertekenen, huis en hof, bos en akker en alles wat zij bezaten, 'vrijwillig' afstaan.
Vrijwillig?
Smaad en hoon.
Geen enkele chassid verlaat op sabbat zijn kamer en de beulsknechten wisten maar al te goed dat geen enkele orthodoxe jood op sabbat een pen ter hand neemt, laat staan een overeenkomst ondertekent. Dat verbiedt de Halacha, het joodse 'levensrichtsnoer' met de 613 halachische voorschriften die door de wijzen zijn opgesteld op basis van de talmoed.
Maar de Hongaarse gendarmen tierden en schreeuwden: 'Naar buiten, joodse varkens!', scholden ons woest uit, dreven ons als vee de straat op, met zichtbaar genoegen.
Wij mochten zoveel meenemen als we konden dragen, ook al mag de vrome jood op sabbat op straat niets dragen en mag

zijn weg maar tweeduizend schreden lang zijn, want de sabbat is heilig en zijn rust mag men niet ontwijden.
Wie trok zich daar iets van aan?

Arme, gewone mensen. Deemoedig gebogen op het kleine plein voor de synagoge. Een en al ellende. Bleek van angst en door schaamte getekend. Het was doodstil. Niemand sprak een woord.
Zwijgend stonden ze daar: de kleermaker Nachmann, de kruidenier Itzkovitz, de ketellapper, de smid, de schoenmaker en de venter. Hun vrouwen, kinderen en kleinkinderen.

Oom Schlomo liet het hoofd niet hangen, putte kracht uit zijn geloof: 'God zal met ons zijn.' Maar de dood stond al in zijn ogen.
Zo kwam de eindeloze rij verwarde mensen moeizaam in beweging. Huilende kinderen, vermoeide oude vrouwen, wanhopige mannen, moeders, vaders, een bundel kleren op de rug of een sjofele koffer in de hand. Zes kilometer te voet. Over akkers en weiden naar het station van Boesjtina. Met trage, slepende stap. Alleen de geschreeuwde bevelen van de Hongaarse gendarmen galmden over de velden. Een bittere echo openbarstend tegen de dreigende coulissen van de Karpaten.
Spoedig moesten de eersten van ons het opgeven. Oudere mannen en vrouwen die niet tegen de inspanning waren opgewassen. Hun voeten waren opgezwollen, kapotgelopen, bloedig. Zij werden mishandeld en geslagen. Onderweg lieten we de meeste bagage achter. Ze was te zwaar.
Niet alleen onze bagage.

In het station van Boesjtina stonden de veewagens te wachten.
'Blijf dicht bij mij', zei moeder steeds weer opnieuw. 'Laat je niet wegduwen. We moeten dicht bij elkaar blijven.'
Ze doorzag van het begin af aan wat er aan de hand was.
'Zo ga je niet met mensen om', zei ze. 'Dit is het einde.'

In de benauwde wagons konden wij ons nauwelijks bewegen.
'Ik wil eruit', jammerde een oude astmatische vrouw en haar adem stokte. 'Waar is mijn zoon?'
In paniek, opgejaagd en voortgedreven door de Hongaarse gendarmen, waren heel veel mensen elkaar kwijtgeraakt.
Niemand wist waarheen we gingen.
Niemand wist wat ons wachtte.
Men had ons alle menselijke waardigheid ontnomen.
De trein pufte en siste, rolde en rookte, reed en reed. Waarheen?
Eindeloos. Onbarmhartig.
Moeder hield de huilende Golde dicht tegen zich aangedrukt en fluisterde haar troostende woorden in het oor. Door een spleet in de wanden van de gesloten wagon zag ik het Karpatenland in zijn ongerepte stilte voorbijglijden.
Een stukje paradijs.
Mijn verloren paradijs. Voor altijd.
Mijn keel werd dichtgesnoerd. Beklemmingen. Daarbuiten de natuur in volle bloei, de dronken voorzomer met de rijpende vruchten in de barstende bolsters, de donkere mysterieuze bergketens als hoekige knipsels tegen de horizon afgetekend.
Mijn geliefde land in al zijn pracht.
Hierbinnen ontwaarde, dicht op elkaar gepropte mensen, verwarde oude mensen, krijsende kinderen, overgeleverd aan een ondraaglijke hitte en een wurgende stank.
Ik sloot mijn ogen en hoorde diep in mijn hart de warme stem van oom Schlomo. Uit zijn verhalen wist ik dat hij heel vaak over deze gebergteketen van Hongarije naar het Poolse Galicië was gereisd, naar Wizsnitz aan de grens van Boekovina, naar zijn Zaddik, de wonderrabbi.
'Het is de mooiste spoorlijn ter wereld', had hij enthousiast verteld.
Oom Schlomo? Met zijn guitige humor en zijn onuitputtelijke kennis betoverde hij mijn kinderjaren.
Wij waren hem in de drukte op het perron van het station van Boesjtina uit het oog verloren.

'Misschien heeft hij een plaats in een andere veewagen gevonden', troostte moeder zichzelf.

Mijn wijze oom?

Deze treinreis leidde naar een andere wereld.

Iedereen keek in de afgrond van de eigen eenzaamheid.

Mijn moeder was vierendertig, mijn zusje twaalf en ik net veertien.

In Zemir, het laatste Hongaarse station voor de grens van Galicië, in een troosteloos niemandsland, stopte de trein hijgend.

Gewonden, doden, zieken, huilende kinderen, wanhopige zwangeren, afwezig starende oude mensen met dode ogen vielen uit de weerzinwekkende wagens.

Niemand stak een helpende hand toe.

Niemand.

'Voorwaarts!'

Hongaarse en Oekraïense soldaten schreeuwden over de perrons. Met stokken en zwepen dreven ze ons door de modderige straatjes van het onaanzienlijke gehucht. Naar een afgelegen vallei. Een woestenij tussen hemel en aarde.

'Onvoorstelbaar', kreunde mama zacht.

Ze was als versteend door die eerste aanblik van wat ons wachtte: op een eindeloze kale akker stonden, zaten en lagen duizenden en nog eens duizenden joden al dagen in de open lucht.

Een zwarte trieste mensenmassa, bewaakt door Hongaarse gendarmen. Vervuild, hongerig, wanhopig en ontworteld. Bijeengedreven uit alle hoeken van Karpaten-Oekraïne, willekeurig uit hun dorpen en stadjes gesleept, overgeleverd aan tyfus, dysenterie, luizen en een onbeschrijfelijke smerigheid.

Rijk en arm, oud en jong. Slachtoffers van dezelfde dwingelandij. Mensen uit alle maatschappelijke kringen. Schuw, uit hun baan geworpen, van alle menselijke waardigheid beroofd. Mannen en vrouwen gingen elkaar te lijf om een korst brood of een beker water. Wij hadden geen dak boven het hoofd, geen licht, geen dekens, geen slaapplaats. De chaos was onbeschrijfelijk. En dagelijks kwamen er meer joden bij. Wij leefden primitiever dan beesten. De verwende stedelingen stierven als vliegen. Zij kenden geen ontberingen, waren niet vertrouwd met de open natuur, vonden niets te eten en verdroegen het ijskoude water uit de bergbeken niet. Wij, die het leven op het land en de ontberingen gewend waren, wisten ons beter te behelpen. En ook de vernederingen konden wij, althans uiterlijk, beter verdragen.

Geen van ons durfde de Hongaarse gendarmen tegen te spreken. Wie ervan verdacht werd over vluchten te denken, werd op gruwelijke wijze duidelijk gemaakt wat hem te wachten stond: zuigelingen, in joodse *tallieths* gewikkeld, hingen aan de takken van de bomen, als dreigende waarschuwing voor moeders en vaders.

Er was alleen maar een verlammende angst.

Wij hadden geluk.

Moeder was een jonge, gezonde en nuchter denkende vrouw.

'Wij moeten iets doen', zei zij. 'Ondanks alles moeten wij iets doen. Niets is erger dan de handen in de schoot leggen. Afwachten betekent een zekere dood.'

Weldra zou het te laat zijn.

'De kinderen zijn groot genoeg om uit bedelen te gaan en zelfstandig genoeg om weg te lopen. Indien nodig kunnen zij voor zichzelf zorgen.'

Neef Simon schudde het hoofd. Hij luisterde niet meer naar haar. Ook oom Herschl die wij in Zemir met zijn hele gezin, vrouw en vijf kinderen, teruggevonden hadden, liet zich niet door mijn moeder overhalen. Hij wilde over haar vluchtplannen niets horen. Niemand liet zich door haar overhalen. Zij waren bang. Bang voor elk initiatief. Het was te gevaarlijk, vonden ze. Zij berustten in hun lot.

'Erger kan het niet worden', dachten ze. Men had ons, joden, belogen.

'Dit is het voorportaal van de hel!' zei moeder en stond geen berusting toe. 'We moeten iets doen', zei ze, telkens weer. Het baatte niet.
Zij heeft mij met haar energie het leven gered.

Iedereen in het kamp was radeloos. Niemand dacht constructief.
De joden die voor ons in de vallei van de dood rond Zemir waren aangekomen, moesten opnieuw in de rij gaan staan. De martelgang ging verder. Over de akkers en door het slijk dreven de collaborateurs hen naar het station van Zemir. Daar wachtten opnieuw stinkende veewagens.
Waarheen?

Moeder was ervan overtuigd dat wij voorgoed over de bergtoppen naar Galicië uitgewezen zouden worden. *Umgesiedelt?* Karpaten-Oekraïne van joodse smetten gezuiverd?
Weemoedig dwaalden haar ogen over de kim.
'Waar zijn wij eigenlijk?' wilde ik weten.
Zij bleef mij het antwoord schuldig.
Hoe had deze bescheiden joodse vrouw uit Nove Barovo, die in haar hele leven nooit een stap buiten Boesjtina en Chust had gezet, weet kunnen hebben van de ondoorzichtige politieke, economische en culturele situatie van deze streek? Zij kende alleen de landschappen uit de fantastische verhalen van de vrome joden uit het dorp die al eens vanuit Nove Barovo over de bergpassen van de Karpaten waren getrokken.

Op de huidige landkaarten van Oekraïne lijkt het plaatsje Zemir, verborgen op de hellingen van de Czarnahora*, de hoogste bergketen van de Oost-Beskiden, niet meer voor te komen. Niemand kent het. Of is alleen de naam van het dorpje weer eens veranderd?
Het Roetheense Zemir werd destijds door de Hongaren gewoon Havasalja genoemd, en daarna Laszczyna. Veel plaatsen werden indertijd door de Hongaren willekeurig en zo vaak

omgedoopt dat de cartografen het niet meer konden bijbenen. De mensen noemden hun dorp anders dan op de kaarten stond. Vaak kenden ze de nieuwe naam niet eens. Een ontstellende chaos.

'Zemir was vroeger in het begin van de zomer een paradijselijke plek', vertelde oom Schlomo, die wij later na onze eerste vlucht over de Karpaten gezond terugvonden in Nove Barovo, en die wij uitvoerig over ons avontuur vertelden. 'Dan gloeide op de bergen het rood van de rododendron, en wij gingen naar Wizsnitz', dweepte hij.
Nu gaat niemand meer naar Wizsnitz.
Wizsnitz is dood. Vermoord. De Karpaten zijn niet meer het vaderland van de vrome chassidim.

Misschien zullen mijn kleinkinderen ooit onbevooroordeeld en onbevangen het landschap van hun voorvaderen herontdekken.
Moet ik daarop hopen?
Ik weet het niet.

Moeder had gelijk. Ook voor ons was er geen ontkomen aan. 's Nachts werden wij van het veld gejaagd en op het station van Zemir in veewagens gestopt.
'Vertrouw op God en wees deemoedig van hart', zei mijn vrome moeder. Hoe gruwelijker de situatie werd, des te dapperder zocht deze gelovige jodin een uitweg en geloofde zij in een mogelijke redding.
Ik zie nog haar blik over het dronken zomerlandschap van de Karpaten glijden. Zij barstte van strijdlust.
'Zullen wij deze streek ooit terugzien?' vroeg zij.
Wij konden niet weten dat wij dit onherbergzame landschap op het zogenaamde Magyarenpad dat over het Czarnahora-massief en de grens tussen Galicië en Hongarije liep, op een dag heimelijk zouden beklimmen.
Op de vlucht voor de dood.

Nu ging de reis van Zemir naar Galicië.* Gewoon over de grens.
Daar waren we aan onszelf overgeleverd. Onbeschermd wild. Zonder een cent, hongerig, vervuild en zonder enige kennis van de omgeving. Wij waren van de ene dag op de andere in een vijandig land aan het onbarmhartige lot overgeleverd.
Overal, waar je ook keek, waren Hongaarse, Oekraïense en Duitse soldaten op de been.
Moe en radeloos trok de karavaan zieke, verzwakte, vergrijsde en vervuilde mannen, vrouwen en kinderen door stegen en over paden langs de Poolse bevolking. Langs Poolse vrouwen en moeders.
Moeizaam sleepten wij ons over de slijkwegen op zoek naar een dorp of een stadje. Op zoek naar een steen om ons hoofd op te leggen.
De Polen joegen ons van hun akkers, kleine kinderen werden door de hoeven van de paarden vertrapt, zwepen floten over onze vermoeide hoofden. Zij liepen met scherpe zeisen achter ons aan. Kleine kinderen werden geslagen, mishandeld en vermoord. Vaders en moeders moesten toezien. Het waren niet de soldaten maar gewone Polen die ons met stokken, schoppen en zwepen aanvielen.
'Maak dat je wegkomt!' riepen ze ons na.
'Maak dat je wegkomt! Onmiddellijk!'
'Waarom zijn die mensen zo boos?' wilde mijn kleine zus Golde weten, en ze hield zich krampachtig aan moeders hand vast. 'Hoe ver is het nog?'
Mama antwoordde niet.
De sadistische nieuwsgierigheid en de cynische onverschilligheid van de Poolse bevolking kwetsten mij diep.
Er was geen hulp.
Alleen koude mensen met koude ogen. Koude moeders en vaders.

4

Zomer 1941
Een dwaaltocht door Galicië

Onze berusting heeft tot niets geleid.
Nooit mag zoiets zich nog herhalen.

Emmanuel Ringelblums

Onze lange treurmars naar het dal begon. Dag en nacht liepen wij met doorgelopen voeten: moeder, Golde en ik, neef Simon en zijn gezin, oom Herschl met zijn dochters en kleinkinderen en vele vele anderen, die ik niet kende maar die ons lot deelden, die hun laatste bundel have en goed op de schouder of in de hand droegen. Barrevoets en hongerig liepen wij langs de Galicische gehuchten, naar Delatin, een kuurstadje waar vroeger de joden handel dreven, waar ze de fiakers voor de elegante kuurgasten menden of in ellendige omstandigheden in de kleine bedrijven van de streek werkten en als schoenlapper of kleermaker, zoals bijna overal in Galicië, op de rand van de armoede leefden.
'Maar een hond leeft immers ook', zoals de arme joden berustend plachten te zeggen.
Delatin was een stadje met vriendelijke villa's, pensions en hotels, en een bad dat de welgestelde Polen graag bezochten.

Hier konden we even op adem komen. In het getto vonden we een dak boven ons hoofd, maar de kleine armzalige huizen waren hopeloos overvol. Joden die uit alle windstreken hierheen gekomen waren, hokten dicht op elkaar in de povere kamers, er was niets te eten, besmettelijke ziekten woedden, oude mensen en kleine kinderen stierven op straat.
Moeder sleurde emmers water door de straten om ons kinderen tenminste iets te drinken te geven. Zij dacht alleen maar aan ons. Geduldig troostte zij mijn kleine zus die onderweg haar lappenpop verloren had.
'Iljana maakt wel een nieuwe voor je', zei ze als de kleine weer eens huilde.
Golde, het verwende jongste kind, die in Nove Barovo de lieveling van de hele buurt was geweest, jammerde en zeurde:
'Ik wil naar huis. Wanneer gaan we naar huis?'
Mama zweeg.
En in het getto kwamen steeds meer joden aan. Van overal. Doelloos. Verbitterd.
De situatie was uitzichtloos.

Wij trokken verder naar Kolomyja.* Voor de 41 kilometer tussen het bergstadje Delatin en de kleine industriestad Kolomyja had de trein indertijd nog geen anderhalf uur nodig. Maar wij sleepten ons met een groep uitgeputte mensen te voet naar het dal toe. En terwijl wij als geslagen magere honden over de straten trokken, genoten de Poolse toeristen op het station van het stadje Delatin van het prachtige uitzicht op de bergketens in het zuiden. Een idylle.
Het weer was ons genadig. De voorzomer was mild, de natuur bood bessen en paddestoelen. Moeder was in een dorp groot geworden, zij had op het veld gewerkt en de vruchten van de aarde leren kennen. Ze vond altijd iets eetbaars. Maar wij waren vogelvrij.
De Poolse boeren verdreven ons zonder medelijden van hun velden, bedreigden ons met al wat zij in de hand hadden, verjoegen ons uit hun dorpen. Te paard, gewapend met stokken, reden zij achter ons aan en sloegen erop los. Wie niet tijdig kon weglopen, werd door de hoeven van de paarden vertrappeld. Velen stierven. Gewonden, zieken en kleine kinderen bleven aan de kant van de weg en op het open veld achter.

'Kijk ernaar, Yudka', maande mijn moeder mij met vaste stem. 'Kijk ernaar! De wereld die na ons komt, heeft recht op onze herinneringen.'
Deze herinneringen?
Veertig, vijftig jaar na het inferno is het verleden alomtegenwoordig. Geen bizarre nachtmerrie maar een onbarmhartige werkelijkheid waaraan ik niet kan ontkomen. Monsterachtige beelden, die mij vergezellen, vervolgen, vereenzamen.

In de Galicische stad Kolomyja waren de omstandigheden in het getto even erbarmelijk als in Delatin. Maar na alle ontberingen waren wij zeer bescheiden geworden.
'De hoofdzaak is dat we ergens kunnen slapen, iets te eten vinden en dat ik werk krijg.'

Mama wist zoals altijd van aanpakken. Wij kinderen werden bij een joods gezin ondergebracht en zij vond werk in de Sperber-bakkerij. Een weliswaar arm maar tamelijk normaal leven.

Golde leefde op. Mevrouw Silbermann, die ons opving, gaf haar bonte lappen en toen mama 's avonds bekaf thuiskwam, liep mijn zusje haar opgewonden en blij tegemoet:

'Kijk, mami, Iljana zal opkijken. Is ze niet mooi?' en ze liet haar trots haar zelfgemaakte pop zien. Golde was haar kinderlijke charme nog niet helemaal kwijtgeraakt.

Dacht mijn moeder in die tijd echt dat wij in Kolomyja een beetje tot rust zouden komen?

Ik kan het mij niet voorstellen, want de laatste joden van Kolomyja, die niet in het getto woonden, werden van de straat geslagen, zij werden geschopt en mishandeld, opgepakt en gedeporteerd. Elke dag waren er nieuwe pogroms. Weldra leefde er in de hele stad, buiten het getto, geen enkele jood meer.

Wij, die afkomstig waren uit Karpaten-Oekraïne, waren afgevoerd, *umgesiedelt*, zoals men dat noemde, en wij bleven voorlopig vogelvrij. Wij dachten in het getto enigszins veilig te zijn, maar onverwacht werden wij de straat op gejaagd, en weer maakten we ons op voor een tocht zonder te weten waar die ons naartoe zou leiden.

Weer trokken wij door bossen en velden, dorpen en gehuchten.

Op de dool. Inderdaad vogelvrij.

Tante Sara, de vrouw van oom Herschl, was in het getto van Delatin aan de ontberingen en de inspanningen gestorven. Mijn nicht Dina had op weg naar Kolomyja een miskraam gekregen en bleef achter in het getto.

Wij hebben nooit meer iets van haar gehoord.

Wij leefden op de akkers en velden, voedden ons met het weinige dat we onderweg stiekem meenamen, en sliepen onder de vrije hemel. Wij hadden honger. Altijd honger.

'Misschien vinden we hier ergens onderdak of ontmoeten we andere joden die de streek hier beter kennen dan wij', zei moeder troostend. Zij liet de moed niet zakken.
'Waar is Dina?' wilde Golde steeds weer weten. 'Dina moet toch een kindje krijgen? Wie zorgt er nu voor haar?'
Golde gaf het niet op, maar moeder zweeg.
Hoeveel joden vertrokken samen met ons uit Kolomyja? Ik kan het niet meer zeggen. Waren het er vijftig? Zeventig? Minder of meer? Een hele colonne sleepte zich door het land, van dorp naar dorp, van akker naar akker. Zwijgend en doelloos doolden wij wekenlang door de hel. Een krampachtige overlevingstocht.
Oekraïense soldaten sloegen ons gade, grijnsden honend tegen ons en volgden ons ten slotte op de voet. Hun aanwezigheid werd steeds bedreigender. Uiteindelijk stonden ze ons zelfs niet meer toe aan de rand van een dorp op adem te komen en om water te vragen. Ze hadden duidelijk een bepaald doel voor ogen.
'Doorlopen!' schreeuwden ze. 'Doorlopen!' en begonnen zelfs te schieten.
'Wat voeren ze in hun schild?' vroeg ik.
Moeder antwoordde niet. Haar mond was smal en bitter. Bitter. In haar ogen weerspiegelden woede en onmacht. Zij nam mijn zusje Golde en mij aan de hand en probeerde met ons in het midden van het konvooi te blijven, zo ver mogelijk van de onberekenbaar gruwelijke Oekraïense militie verwijderd. De mensen die aan de buitenkant liepen, een paar stappen van ons af, werden neergeknuppeld en dood of gewond op de velden achtergelaten. Kleine kinderen en oudere mensen waren allang niet meer bij ons. Mannen werden van hun vrouwen en kinderen gescheiden.
Zij zouden elkaar nooit meer weerzien.

'De Dnjestr kan niet ver meer zijn', dacht Lew Grosz.
De kleermaker uit Moekatsjevo had onderweg zijn hele gezin verloren en zich in Kolomyja bij onze kleine groep aangeslo-

ten. Hij kende de streek en de krommingen van de legendarische rivier, de Dnjestr.
Lew had gelijk. Achter de bocht van het laatste gehucht lag plotseling, diep in een kloof, de indrukwekkende rivier voor ons. De hoge oevers waren dichtbegroeid, bomen hingen laag boven het kabbelende water. We konden de dorpen op de andere oever zien, weidse akkers en bossen, wiegende korenvelden en kleine huizen in het flikkerende warme tegenlicht. Vogels zeilden tussen witte wolken.
Een ongerepte wereld. Puur.
'Waarom hebben ze ons hierheen gedreven?' Mama bekeek het landschap argwanend. 'Wat voor de duivel is hier gaande?'
Steeds meer joden kwamen op die plek aan. Toen we, opgejaagd door de Oekraïeners, de bizarre rotsen en rode zandsteengroeven van de rivieroever naderden en ons haveloze armzalige groepje op de brede brug geduwd werd, verstarden wij ontzet.
'Is dat niet neef David?' vroeg oom Herschl en wees naar de overkant van de Dnjestr.
Op de rotsachtige helling van de rivier stonden joodse arbeiders met gele armbanden en kapten stenen, schepten aarde en bouwden stellingen.
'Waar is God?' fluisterde mijn moeder. 'Hoe kan Hij dit toelaten?'
Zij waren onherkenbaar en getekend door het zware werk en de honger. Doffe ogen, diep in holle kassen, staarden de dood in het gelaat.
Vrouwen zochten wanhopig hun man tussen de deerniswekkende gestalten, kinderen riepen om hun vader. Tevergeefs. Vele dwangarbeiders keken op, even, schenen ons te zien, zelfs te herkennen. Een illusie.
'Wat kan ik jullie nog geven na alles wat jullie gezien en meegemaakt hebben?'
De tranen liepen mijn moeder over de wangen. Een eenzame sterke vrouw met twee jonge meisjes, bijna nog kinderen.
Aan de andere kant van de brug wemelde het van soldaten.

Militaire voertuigen en zwaarbewapende troepen blokkeerden de straten. Een paar Italianen en zelfs enkele Duitsers wierpen ons vanuit hun vrachtwagens een stuk brood toe, voor de mannen sigaretten.
Kruimels van de tafels van de *Herrenmenschen*.

In de verte lokte een kleine stad.
'Dat kan Capowce zijn of Potok', zei de kleermaker uit Moekatsjevo.
Maar de Oekraïeners hielden ons in het oog en duwden ons naar de rand van de weg, langs de stellingen en de rivier. Kleine Poolse jongens gooiden naar ons met stenen. Wij waren weerloos, zaten hopeloos in de val tussen de rivier, de hoge muren van de stellingen en de rotsachtige oever.
'Waarom?' mompelde moeder steeds weer opnieuw.
'Waarom?'

Bij het vallen van de duisternis werd de mensenkudde in een rij gedwongen, voortgedreven en over een kleine brug de zwarte nacht in gejaagd. Het ongewisse?
'Waarom moeten we de Dnjestr weer oversteken?'
We keken elkaar vragend aan.
'Wat denk je ervan?' vroeg mijn moeder aan Lew Grosz.
Ik voelde haar opwinding, haar angst.
Wij waren pas in de loop van de morgen over de andere brede brug in de andere richting gemarcheerd. Massa's joden schoven als wezenloos en willoos door de smalle loopgraven. Waren het er tweeduizend of drieduizend? Waren het er vijfduizend?
De eindeloze stoet vermoeide mensen wankelde naar de kleine brug toe en verdween in de troebele donkere nacht. Waarheen?
Mijn moeder trilde van woede. Alsof ze juist uit een verdoving ontwaakt was, besloot ze te handelen.
Ze fluisterde tegen oom Herschl:
'Ik blijf met de kinderen beneden.'

Ze pakte ons bij de hand, duwde ons terug, weg van de onheilspellende brug, en drukte ons tegen de steile oeverrotsen. Oom Herschl, moeders nicht met haar dochtertje, Lew Grosz en enkele andere volwassenen volgden ons. Wij waren met zeventien. Met de moed der wanhoop, met bloedige handen en knieën klommen we tegen de rotswand op, weg van de beulen, op naar de vrijheid.
Volkomen uitgeput zagen we boven dat we ons op een katholiek kerkhof bevonden.
'Daarginds ligt Capowce, of Potok', herhaalde Grosz.
Daar wilden we naartoe. Maar we waren buiten adem, hongerig en moe, lichamelijk en psychisch op.
Hysterisch van angst.
De donkere zomernacht lag over het kerkhof.
Niemand sprak een woord.

Zoals Elia de profeet, de trooster in nood en voorspreker bij God, als was het een droom, rezen tien gewapende gestalten, het geweer op de schouder, uit de graven op. Onder de gestalten drie jonge joden en drie Poolse vrouwen.
Partizanen.
Het kerkhof was hun schuilplaats. Daar leefden zij in dialoog met de doden, verborgen achter de stenen graven en in de koele crypte van de kleine kapel.
Voor mijn moeder en voor ons, meisjes, voor oom Herschl en Lew Grosz en voor alle anderen was dit, na een lange lange odyssee, een eerste zweem van hoop. Misschien zouden we toch nog aan de moordenaars kunnen ontsnappen?
De partizanen zorgden voor onderdak. Door het hoofdkwartier in het buurstadje werden zij van proviand, geweren en munitie voorzien. Zij deelden met ons hun voorraden, gaven ons schone kleren en lieten ons eerst tot bezinning komen.

Later hebben we gehoord dat er op de noodlottige brug een huis met twee kleine kamers stond. In het eerste vertrek moest iedereen zich op zijn beurt uitkleden, in het tweede vertrek

was er een gat in de vloer. De een na de ander werd elke berustende jood in het gat geduwd en stortte in het koude donkere water.
De lijken moeten de stroming van het water geblokkeerd hebben.
Dat beeld spookt nog altijd door mijn dromen, doet weerzin en doodsangst ontstaan.

5

Kamenetsj-Podolski
De dodelijke val

Ik sterf rustig maar niet gerust,
sterf vredig maar niet bevredigd:
gelovig en gelovend,
geen schuldenaar of rekestrant,
heb ik God lief, ben echter niet
Zijn blinde ja-en-amen-zegger.

Zvi Kolitz

Heette het Zolotoj Potok of Potok Zloty, het stadje van onze redding op de andere oever van de Dnjestr?
Ik kan het niet meer zeggen.
De hedendaagse landkaarten zijn verwarrend. Galicië werd Sovjetrussisch, dan weer Oekraïens. De taal veranderde, de mensen veranderden. Het heeft niets meer met mijn herinneringen te maken. Met mijn leven.
Mijn wereld is weggevaagd.
De Tweede Wereldoorlog heeft daar, aan deze en aan gene zijde van mijn Karpaten, alles vernietigd.

Vier dagen bleven wij daar. In Potok. Op de vijfde dag besloten wij gezamenlijk niet verder te gaan maar terug te keren, terug naar waar wij vandaan gekomen waren. Terug naar Karpaten-Oekraïne, terug naar Hongarije.
'Aan de andere kant van de Galicische grens hebben jullie meer kans om dit te overleven', zeiden de partizanen.
Dat was juist. Na de eerste gruwelijke razzia's was de situatie in Hongarije, voorlopig althans, ontspannen.
'Laten wij naar huis gaan', zei moeder vol goede moed.
In de daaropvolgende sabbatnacht brachten de partizanen ons in kleine boten over de Dnjestr. Voorzien van contactadressen van mensen aan de andere kant van de rivier wilden wij ons er doorheen slaan.
Maar wij liepen de Duitsers letterlijk in de armen. Nog diezelfde nacht dreven de beulsknechten ons en onze Poolse helpers opnieuw over de rivier. Wij joden werden in een vrachtwagen opgesloten. De partizanen werden gearresteerd.
Wij hebben nooit geweten wat er van hen geworden is.

Hoeveel dagen hebben wij het weer roerloos in een veewagen uitgehouden?
Ik weet het niet meer.
En hoelang zijn we daarna in de met roerloze mensen volgestouwde vrachtwagen door het land gereden?
Ik weet het niet meer.

Wij waren allang geen mensen meer.

Kamenetsj-Podolski was het eindpunt.*
Dit historische stadje met de prachtige wijngaarden was vroeger de trots van het koninkrijk Polen.
Het was de laatste halte.
De dodelijke val. Het massagraf voor de meesten van ons.
Op een akker voor de stad, op nauwelijks een boogscheut van het centrum, werden wij bijeengeknuppeld. Het eindeloos grote veld, met een houten schutting eromheen, zag zwart van de mensen. Zwart van de joden.
Mannen, vrouwen, kinderen. Duizenden en nog eens duizenden.
Anonieme schepsels, beroofd van hun identiteit, in wezen al dood.
Daartussen de woeste beulsknechten: Oekraïeners die schreeuwend en met schoppen en harken slaand, de tamme kudde bijeen dreven.
'Een geweer is zeker te goed voor ons joden', zei moeder cynisch.
De mensen jammerden nauwelijks. Eén vrouw schreeuwde met schrille stem in de lichte dag 'dat God het tot in de zevende hemel had kunnen horen'. Zij was blijkbaar krankzinnig geworden.
Een pistoolschot maakte er een eind aan.

Duizenden mensen, machteloos overgeleverd aan een paar Oekraïeners, Duitse soldaten en officieren, die luidkeels 'zwijnen' schreeuwden.
Wij waren gespuis. Minderwaardige wezens.
Naakte, hulpeloze, beschaamde mannen, vrouwen met kinderen op de arm stonden weerloos voor gedolven graven.
Ik kan en wil deze diep-kwetsende vernedering niet meer beschrijven. Maar ik blijf het zien. Ik blijf het beleven. Altijd weer opnieuw.
De fluitende schoten en de weerzinwekkende grimassen van

de moordenaars vervolgen mij onbarmhartig. Bij de herinnering barst mijn schedel.

Voor mijn moeder ging het nu om het vege lijf. Overleven tot elke prijs. Zij drukte zich tegen de schutting en brak er een plank uit. Met de moed der wanhoop. Zij duwde ons door de smalle spleet. Tussen ons viel er geen enkel woord.
Samuel Silberstein en zijn dochtertje Herta volgden ons door hetzelfde gat. Ik geloof dat het meisje de holocaust overleefd heeft en na de oorlog met een Israëlische generaal gehuwd is.

In Kamenetsj-Podolski werden alle joden die er niet in slaagden op de een of andere manier te vluchten, vermoord. De mensen moesten zich naakt voor de graven opstellen en werden een voor een door de Duitse SS-beulen, de Oekraïense collaborateurs en Hongaarse officieren met pistolen en geweren gedood. Dan werden de lijken in de diepe kuilen geworpen en met leem bedekt. Ooggetuigen vertelden dat menig jood die in de kuil werd geduwd of gegooid, nog leefde. Zij moeten in het graf nog dagenlang onder de berg lijken hebben gekermd, tot zij uiteindelijk gestikt zijn.
Later is bekend geworden dat tot eind augustus 1941 meer dan 18.000 joden, bijna allemaal uit Karpaten-Oekraïne gedeporteerd, eerst opzettelijk naar Oost-Galicië gebracht werden, waar zij vogelvrij waren, om uiteindelijk in Kamenetsj-Podolski in Oekraïne te sterven.
Ongeveer tweeduizend mensen konden vluchten. De meesten door omkoping. Toen de toenmalige Hongaarse minister van Binnenlandse Zaken, Ferenc Keresztes-Fischer, op de hoogte werd gebracht van de slachting, beval hij de deportaties onmiddellijk te stoppen.
Te laat. Intussen was vrijwel iedereen al vermoord.

Wij hadden geluk. Wij hoorden bij de tweeduizend ontsnapten.

Vandaag, meer dan vijftig jaar na het gebeuren, is mijn herinnering nog steeds een open wonde. Een apocalyptische boodschap. Een gruwelijk zinloos verhaal. Bijna onwerkelijk maar alomtegenwoordig. Deze verschrikkelijke beelden die als een film door mijn hoofd gaan en steeds weer herhaald worden, leken mij vaak onwerkelijk. Onwerkelijk? Een waanzinnige traumatische obsessie, de bizarre verbeelding van een zieke? Heb ik dat alles werkelijk beleefd? Met mijn eigen ogen gezien?
Ja, ik heb dit werkelijk beleefd. Met mijn eigen ogen gezien.

Ik heb die afgrond in de ogen gekeken. Zwart op wit staat het in mijn voorhoofd gebrand. En met die kwaal der herinneringen, die niet wijkende pijn, moet ik leven.

6

Over de toppen van de Karpaten terug naar Nove Barovo

Ik ben niet teruggekeerd. Ik heb over de wereld gezworven, steeds beseffend dat de vlucht zinloos was: alle wegen leiden terug naar mijn huis. Dat is op deze gistende wereld het enige vaste punt.

Elie Wiesel

Nadat wij door de schutting gekropen waren, verstopten wij ons uitgeput in de struiken. Tot de avond viel.
Nu waren we nog maar met ons drieën: mijn moeder, Golde en ik.
We bevonden ons, zonder enige kennis van de topografie, midden in een vijandige wereld, in een streek die mijn moeder alleen maar kende uit de sappige verhalen van haar chassidische familie. Zij had ze nooit op een landkaart bekeken.
'Waar gaan we naartoe?' vroeg ik schuchter.
'Weer over de Dnjestr en dan naar Nadworna', zei moeder vastbesloten. Zij was niet uit het lood te slaan.
'Dat ligt vlak bij de Hongaarse grens. En dan zijn we bijna thuis.'
Het Galicische Nadworna lag op 500 meter hoogte in de Karpaten en vandaaruit liep een smal pad over de Pantyrpas naar Hongarije, moeilijk begaanbaar, door onherbergzaam gebied, maar des te veiliger.
'Oom Schlomo heeft altijd gezegd dat je daar de weg moet kennen. Dan kan het alleen maar een ideale vluchtweg zijn.'
Wie hier de Karpaten wilde oversteken, moest de streek perfect kennen. Dat wist moeder. Toch nam zij de uitdaging aan. Zij was vol vertrouwen. Maar aanvankelijk waren wij blind op de dool door het gevaarlijke labyrint van deze onbekende, bizarre streek.
Het was zomer. In de bossen vonden we bessen en paddestoelen, op de akkers aardappelen en groenten. De dorpen waren omsingeld door Oekraïeners en Duitsers. Daar waagden we ons niet. Zo slopen wij dagenlang, wekenlang door de streek in de hoop ergens de duistere Dnjestr over te kunnen steken, lotgenoten te ontmoeten en dan de weg naar huis te vinden.
Mijn kleine zus hield ons in leven. Met haar blonde engelenhaar en blauwe ogen zag zij er helemaal niet joods uit. Zij bedelde bij de Poolse boeren, bezorgde ons melk en brood, soms een stukje vlees of vis en vroeg bij de bewoners handig naar de weg.
Zij was twaalf jaar oud en beeldschoon.

Zo bereikten wij eindelijk de rampzalige rivier. Rillingen liepen mij over de rug. De Dnjestr, ons noodlot? Donker riool vol lijken, massagraf voor ontelbare, nietsvermoedende onschuldige mensen. Ellendig zwijgend water, voor immer bezoedeld, getuige van een gruwelijke misdaad.
'Mama, is dat Moishe niet?' vroeg Golde onverwacht. Inderdaad. Op de oever van de rivier schuilde tussen het dichte struikgewas de zeventienjarige neef van mijn moeder. Hij probeerde eveneens de rivier over te steken. Tevergeefs. Overal patrouilleerden soldaten. En omdat hij er typisch joods uitzag, was hij niet alleen heel erg bang maar vooral uiterst voorzichtig.
'Wij marcheren doodgewoon over de brede brug, alsof er niets aan de hand is. Jij volgt op enige afstand.' Moeder gaf hem moed.
We hebben het erop gewaagd, en het is ons gelukt. De soldaten hebben niet eens naar ons gekeken. Zij waren waarschijnlijk te veel met zichzelf bezig.

Nu waren we met ons vieren. We trokken opgelucht en vol optimisme door bos en veld, tot we Nadworna bereikten, waar de machtige bergen, tot 2035 meter hoog, de hellingen bedekt met eeuwige sneeuw, de twee buurlanden Galicië en Hongarije beheersen. De natuur is hier onbarmhartig humeurig en onherbergzaam. Maar het ondoordringbare landschap bood ons vluchtelingen bescherming. Dat wist moeder.
In Nadworna ontmoetten we verscheidene joden. Ze hoopten net als wij de Karpaten te bereiken om over de toppen heen, beschut door de eenzaamheid van berg en dal, naar huis te geraken.
In de hooggelegen godvergeten gehuchten staken welwillende Poolse boeren ons wat eten toe. Het rijpe akkerland lag op de oogst te wachten. Wij leefden van rapen en aardappelen, uien, wortelen en de gulle moeder aarde. 'Thuis' kon niet ver meer zijn. Een boogscheut over de kim?
Maar waar lag de grens? Waar stonden de wachtposten?

Overal loerde de vijand. Het klauteren door het woekerende struikgewas en de bergdennen was niet alleen uiterst vermoeiend maar ook gevaarlijk. Iedereen wist dat een stafkaart eigenlijk onontbeerlijk was, wilde je hier in het hooggebergte niet verdwalen. De Hoezoelen, het inheemse bergvolk, kenden de streek op hun duimpje en speelden vaak welkome gids voor de argeloze toeristen. Maar onze kleine groep kon op hun hulp geen beroep doen. Wij bleven op onszelf aangewezen, overgeleverd aan de willekeurige gevaren.
Steeds nieuwe vluchtelingen sloten zich bij ons aan. Lotgenoten, oververmoeide en ineengezakte gestalten, de gezichten getekend door de onmenselijke inspanningen van de laatste maanden, alleen nog voortgedreven door een verbeten hoop de laatste horden te nemen.

Toen kwam Aron.

Hij kende de Karpaten als zijn broekzak.
Voor zijn *Umsiedlung* bewoonde de joodse boer een eigen hofstede aan de Hongaarse kant van de bergketen en hoedde zijn schaapskudden op de hoge bergweiden. Hij kende elke berghut, elk bergpad, elke smokkelweg.
'Maar hoe wij ongezien langs de grensposten kunnen komen, weet ik ook niet', zei hij.
Daarom bleef het ondoordringbare bos heel lang onze schuilplaats en ons godshuis.

'Wij leven,' zwoer moeder, 'en we zullen onze vrijheid terugvinden.'

Toen bleef ze plotseling staan, kon zich niet meer bewegen.
Uit het kreupelhout doken drie gewapende mannen op.
'Staan blijven!' riep een snijdende stem.
Golde begon hysterisch te huilen, Aron dook achter een boom en trok Moishe mee.
Het waren partizanen.

Mijn moeder zakte in elkaar. De spanning was te groot geweest.
De verzetsstrijders bezorgden ons proviand en warme kleren. Ondanks de zomer was het in het hoogland van de Karpaten bitter koud. Het smeltwater in de bergstromen was ijzig, en ik had als gevolg van het doorwaden van het woeste water last van stoornissen in de bloedsomloop en had dikke bulten op mijn benen en voeten. Moeder maakte zich daar zorgen over. De partizanen waren uitstekend op de hoogte van de politieke situatie, wisten waar de Hongaarse grenswachten zich ophielden en wanneer en waar er wacht geklopt werd. Zij beloofden ons tot aan de grens te begeleiden en een teken te geven wanneer we konden doorlopen.
De spanning was ondraaglijk. Ieder van ons wist wat er op het spel stond. Dagenlang hielden we ons bewegingloos en muisstil in het bos verstopt, tot eindelijk het verlossende teken kwam.
En we hebben het gehaald.
'Naar huis!' juichte mijn kleine zus. Golde leek van een verlamming genezen. 'Naar Iljana en oom Schlomo!'
Moeder lachte vriendelijk, maar haar ogen stonden peinzend. 'Oom Schlomo zal daar niet meer zijn, kind', zei ze.

Op onze tocht over de grens was Aron onze leider.
De stemming was euforisch. De zomerse zon lachte boven de zachtgroene bergweiden en wierp warme schaduwen door de dichte beuken- en eikenbossen. Het geurde naar paddestoelen en mos.
Inderdaad. Wij waren op weg naar huis.
Ik kon het nauwelijks geloven. Overal ontmoetten wij uitgeputte maar hoopvolle vluchtelingen. De joden die met ons de steile hellingen beklommen hadden, de met sneeuw bedekte kloven en het ruwe wilde water doorwaad, kwamen vrijwel allemaal uit onze streek. Zij waren allemaal in de voorzomer door de Hongaarse gendarmen uit hun dorpen verjaagd en naar Galicië gedeporteerd. De vreugde dat ze aan de moorde-

naars ontkomen waren, was onbedwingbaar, maar in hun ogen weerspiegelde zich ook de bittere schaamte over de gruweldaden van de beulsknechten en de stomme kreten van de slachtoffers.

Zij waren getuigen van het eerste uur. Een ondraaglijke hypotheek, ondertekend voor het leven.

Golde ontdekte in het struikgewas een schuwe jongen. Hij was in lompen gehuld, vermagerd en helemaal alleen. Wij herkenden hem niet.

'Ignatz!' zei mijn moeder na een tijd. 'Ben jij het?'

Het was inderdaad Ignatz Kaufman, een zoon van de jongste broer van mijn vader.

Nu waren we met ons vijven: wij drieën, mijn zeventienjarige neef en Ignatz.

Mijn moeder wist dat in Nove Barovo niemand op ons zou wachten. Wie zou er achtergebleven kunnen zijn? Zij koesterde geen hoop daar verwanten of oude vrienden terug te zien.

'Maar de Roetheense schooldirecteur Tjatsjevskij is toch pas kort geleden met zijn gezin naar Apsche in de Karpaten verhuisd?' zei ik aazelend. Moeder had destijds altijd vol liefde gekookt voor de onderwijzer als hij bij ons in het dorp op de lagere school les gaf.

'Je hebt gelijk,' zei ze, 'en ik ben ervan overtuigd dat hij ons niet zal aangeven.'

En zo was het. Toen moeder zijn adres achterhaald had, liet zij ons achter in het veilige woud en zocht hem op. Bij het vallen van de duisternis trokken wij allemaal naar zijn huis. Joera en Olga Tjatsjevskij gaven ons te eten, zorgden voor schone kleren en wat geld.

'Willen jullie naar huis toe? Naar Nove Barovo?' wilden ze weten.

'Wat staat ons daar te wachten?' vroeg mijn moeder op haar beurt.

De brave mensen sloegen verlegen en zwijgend de ogen neer. Zij wisten alles. Slechts weinig joden hadden naar de onherbergzame bergen en bossen van de Karpaten kunnen vluchten en zich daar verborgen gehouden, of hadden een schuilplaats tegen betaling gevonden bij goedhartige of zakelijke Roethenen. Sommige joden die over de 'juiste' papieren beschikten, hadden weliswaar aanvankelijk in hun dorp mogen blijven, maar als ze pech hadden en hun aanwezigheid een doorn in de ogen van de humeurige Hongaarse gendarmen was, waren zij eveneens afgevoerd en aan de beulen uitgeleverd.
Toen twee weken na de eerste deportaties vanuit Boedapest het bevel kwam om met de deportaties op te houden en de joden weer naar hun dorpen te laten terugkeren, was het al te laat. Nauwelijks een handvol joden keerde naar Boesjtina en de kleine gehuchten in de omgeving terug. Diegenen die nog niet naar Galicië gebracht waren. De *Umsiedlung* was zeer goed georganiseerd en cynisch perfect uitgevoerd. Wie Galicië bereikte, en dat was bijna iedereen, werd daar vermoord. De Oekraïense en Hongaarse collaborateurs hadden kwaliteitswerk afgeleverd. Zij kwelden, mishandelden en vermoordden op de allergruwelijkste wijze hun joodse buren met wie zij decennia, zelfs eeuwenlang in vrede hadden samengeleefd. De dorpen in Karpaten-Oekraïne waren zo goed als *judenrein* en de traditionele, levendige chassidische wereld was bijna volledig uitgeroeid.

Terneergeslagen begon moeder met ons aan de terugweg.
Op weg naar huis?
In Apsche namen we de trein naar Boesjtina waar zij veel mensen kende. Ook niet-joden. In het vertrouwde stadje aan de Terebla vernamen wij van moeders nicht Sarah, die eveneens over de Karpaten gevlucht was, dat oom Schlomo, de oudste broer van mijn vader, wiens zoon Moishe met ons mee naar huis kwam, weer in Nove Barovo was. Hij had tegen een astronomische som geld de Hongaarse nationaliteit 'gekocht'.
Oom Schlomo leefde!

'Oom Schlomo leeft!' We konden het niet vaak genoeg herhalen.
Het nieuws dat behalve wij nog minstens iemand van de familie het had overleefd en weer in ons dorp woonde, gaf mijn moeder vleugels.
Nog diezelfde nacht zijn we van Boesjtina naar huis gelopen.
Het was volle maan. Het vertrouwde landschap leunde in het melkwitte nachtlicht tegen de coulissen van de Karpaten. Zes kilometer door de velden. Geen moeite.
Wij waren aan de hel ontsnapt.
Voorlopig.

De meeste joodse burgers van Nove Barovo liggen in de massagraven van Kamenetsj-Podolski, in de bedding van de Dnjestr of ergens onder de akkers en velden van Oost-Galicië, vertrapeld door paarden, doodgeranseld door mensen of omgekomen door honger en ellende.

'Kind,' zei de witgebaarde oom, 'ik geloofde niet meer dat ik jullie ooit nog terug zou zien.'
Hij nam ons in zijn huis op, maar wij wisten maar al te goed dat hij ons niet kon helpen. Wij hadden Hongaarse paspoorten nodig en die verkrijgen kon maanden duren.
'Tot dan kunnen jullie je beter schuilhouden', zei hij en pakte schuw moeders hand vast.

Ik was veertien jaar oud. Onverwacht van meisje tot vrouw gerijpt. Meedogenloos.
De vernederingen van de vlucht hadden zich voor altijd in mijn ziel gebrand.
Voor mij was er geen echt thuis meer.

7

Eind 1941 – Lente 1944
Boedapest

Toen we eindelijk vanuit het getto de wereld binnentraden, overkwam ons innerlijk iets ergers dan ons ooit uitwendig overkomen was: in het oerfundament, de unieke eenheid van volk en religie, was een diepe barst gekomen. Hij is sindsdien steeds dieper geworden.

Martin Buber

Oom Schlomo en mijn moeder besloten dat wij naar Boedapest zouden verhuizen. Boedapest was een grote stad, het leven daar anoniem, bovendien kon moeder daar gemakkelijker werk vinden.
'Je kunt met de kinderen voorlopig bij ons intrekken', zei Iljana spontaan.
Onze buurvrouw en moeders beste vriendin meende het goed met ons. Dus woonden we tijdelijk in haar Roetheense boerderijtje vlak bij de katholieke kerk in het dorp. Om aan wat geld te komen en om de reis naar Boedapest mogelijk te maken zette mijn moeder haar kleine bosperceel op Iljana's naam. Daar kreeg ze een handvol muntstukken voor.
Een aalmoes voor een ontwricht leven.
Wat moet er in mijn moeder omgegaan zijn? De grote stad was haar onbekend, de vrije natuur en het bescheiden dorpsleven, de religieus-mystieke wereld van haar *Sjtetl*, de troostende Hebreeuwse wiegende gezangen van haar voorvaderen waren de inhoud van haar leven en gaven haar houvast en geborgenheid. Putte zij, ondanks alles, haar kracht uit deze diepe bron?

Ik nam afscheid van mijn schoolvriendin Anna Tolvay. Zij keek mij met haar grote blauwe ogen woordloos aan. Alles was gezegd. Ze hadden ons het kind-zijn gestolen, de onbevangenheid van de jeugd, de klinkende lach van het jonge meisje, de oorspronkelijke levensvreugde.
Op de velden werd maïs geoogst, de gouden pompoenen hingen zwaarlijvig op de vette grond, op de erven wachtten de aardappelen in de rieten manden op de lange barre winter. De donkere druiven rijpten in de voortuinen tussen de oker- en blauwgeschilderde houten huizen, klaar om geplukt te worden. De arme boeren wilden hun flessen met het dieprode dikke 'sap' vullen. Bedwelmende troost tegen het uitzichtloze. Ganzen schommelden over de lemen straten. Ploeterden in het slijk. De winter loerde achter de late herfststemming.
Moeder bond ons het laatste bundeltje op de rug.

Wij verlieten Nove Barovo.
In de verte lag Boesjtina. In het station wachtte de trein. Het silhouet van de toren van de Grieks-orthodoxe kerk van Nove Barovo stond scherp tegen de horizon. De schaduwen van de Karpaten leunden tegen het slaperige najaarslicht. Vertrouwdheid. Melancholie?
Ergens heel in de verte op de helling achter Nove Barovo wist ik de joodse begraafplaats. Ze lag vredig verscholen boven het katholieke kerkhof, met een prachtig uitzicht over het dal. Hoe vaak hebben wij kinderen ons daar verstopt? Tegen alle verboden in. Hoe vaak heb ik met moeder steentjes op de graven van overleden familieleden en vrienden gelegd? Een teken van piëteit. Joodse tradities.
Zou hier nog ooit iemand van ons begraven worden?
Vermoedde ik dat het onkruid reeds over de graven woekerde?

Wij waren reeds lang gestorven.
Neergestort in het niets. Vergeten.

Herfst 1941. Oorlog. Overal waren Hongaarse, Duitse en Oekraïense soldaten op de been. Militaire konvooien blokkeerden de straten, voortdurend werden de papieren gecontroleerd. Maar we kwamen heelhuids in Boedapest aan.
'Daar bestaat de joodse gemeenschap nog', moedigde oom Schlomo ons bij het afscheid aan. De ogen van de wijze oude man blonken van vreugde. Hij gaf ons vele adressen van familie en kennissen mee.
Wij zouden een nieuw leven beginnen, waren vol hoop en vertrouwen.
Een leven zonder angst of ellende. Niet meer berooid op de vlucht.
Maar het liep allemaal anders.

Na onze opwindende treinreis van Boesjtina naar Boedapest die meer dan tien uur duurde, stelden wij ons in de Hongaarse hoofdstad bij de joodse gemeenschap voor en zorgden voor

het noodzakelijkste: rantsoenzegels en een voorlopig onderkomen. Mijn moeder wilde werk zoeken en voor ons drietjes een kleine flat vinden.
'Maar we gaan eerst op ontdekkingstocht!' Moeder was goedgehumeurd en trok ons enthousiast mee.
Wij waren diep onder de indruk: de prachtige huizen, het bruisende stadsleven, de traag langs de paleizen stromende Donau, de zeven bruggen die de beide stadsdelen zo majestueus verbinden, de enorme bibliotheek en de hele opgewekte sfeer. Hoe konden wij dat allemaal in een keer verwerken?
Met open mond stonden we voor de imposante synagoge, het rabbijnenseminarium, de thoraschool, de joodse bejaardentehuizen en ziekenhuizen. Overvloed, niets dan overvloed. Wij waren overrompeld. Zoiets hadden we nog nooit gezien.
Maar we hadden het er moeilijk mee en dachten vol heimwee aan het kleine bescheiden dorpje in de Karpaten waar wij met zo weinig zo gelukkig geweest waren.
'We gaan Lea Schwarz opzoeken.'
Moeder was ervan overtuigd dat haar verre nicht ons in deze nieuwe, andere wereld wegwijs zou maken.
Lea Schwarz woonde in een voorname woning niet ver van het centrum van Boedapest. Oom Schlomo had ons haar adres gegeven en met veel lof over haar gesproken. Maar niemand deed open. Ook niet na driemaal bellen. Toch moet er iemand thuis geweest zijn, want het licht brandde en wij hoorden stemmen. Dachten zij misschien dat wij bedelaars waren? Of zigeuners? Moedeloos en teleurgesteld reden we weer de stad in.
Bij een tweede bezoek deed het dienstmeisje de deur open en mijn moeder liet een bericht achter dat Ester Herz uit de Karpaten met haar kinderen Yudka en Golde na veel ellende naar Boedapest gevlucht was, en of zij iets konden laten weten.
Maar wij hoorden niets van hen.
Wij waren melaatsen, de arme sukkelaars uit Oost-Europa. Wij werden gemeden als de pest. Ons verhaal, dat gruwel-

sprookje, wilde niemand horen, wilde niemand geloven.
De arme Oosteuropese joden leidden een traditioneel joods leven, vroom en gesloten. In Boedapest daarentegen was het merendeel van de joden volledig geassimileerd. Zij voelden zich geïntegreerde Hongaarse burgers en de joodse bovenlaag, aristocratische bankiers en industriëlen, was vaak bekeerd en had een grote invloed in de culturele, academische, economische en politieke kringen in Hongarije.*
Met de chassidische gemeenschappen in het onbekende verre Oost-Europa wilden zij niets te maken hebben. Wij hoorden dat voor ons al andere Oostjoden naar de hoofdstad van Hongarije hadden kunnen vluchten, maar daar ook niet welkom waren.
Wij konden het niet met elkaar vinden.

Moeder legde haar eerste officiële contacten in de joodse mensa van Boedapest. Ze had geen andere keuze. Wij hadden geen dak boven ons hoofd, mama had geen werk, en:
'Jullie twee moeten dringend weer naar school toe.' Dat was haar grootste zorg.
Door toedoen van de orthodoxe gemeenschap kregen we kamers bij een joodse familie. Als tegenprestatie deed mijn moeder het huishouden van de drie werkende vrouwen en de heer des huizes. Het appartement was groot. Twee andere kamers waren verhuurd aan twee jonge joden. Beide mannen leven nog. Een van hen, Moishe Müller, is net als wij afkomstig uit Karpaten-Oekraïne, uit de hoofdstad Oezjgorod. Hij is na de oorlog voorzanger aan de synagoge van Quebec geworden.
Nu hadden we tenminste onderdak. Moeder kon werk zoeken.
En zij had geluk.

Zij begon als huishoudster in de villa van de directrice van een groot joods breiatelier.
'Maar nu kunnen wij niet meer bijeenblijven', zei mama.
Ik voelde mij belabberd maar wist dat er geen andere oplos-

sing was. Ook moeder viel deze belissing erg zwaar, want wij, de kinderen, waren het enige dat zij nog had.
Adoptieaanbiedingen van rijke joodse families had zij telkens energiek afgewezen, maar wij moesten tenslotte ergens wonen. Zij besloot Golde in de Okacvogasse onder te brengen bij een kinderloos orthodox echtpaar. Deze mensen woonden niet ver van moeders werk. Voor mij zocht zij een pensionaat en ging voor verdere informatie naar het kantoor van het American Jewish Joint Distribution Committee (JDC).
In 1914 hadden Amerikaanse en Duitse joden deze organisatie opgericht met het doel de arme joden in Oost-Europa en in de Verenigde Staten van Amerika te helpen. De oprichters hadden nooit de bedoeling gehad dat de organisatie op de duur handelend zou optreden, maar tijdens de ernstige economische crisis van de jaren '30 was haar hulp dringend nodig, vooral ook omdat de situatie van de Oostjoden steeds benarder werd. Na de machtsovername van Hitler in 1933 concentreerde deze organisatie zich vooral op de vluchtelingen uit Duitsland en Oost-Europa, op het behoud van de joodse gemeenschappen in Centraal-Europa en op de verschrikkelijke economische en sociale situatie van de Oosteuropese joden. Ook in Boedapest was een Joint-bureau geopend. Daar kon je financiële steun krijgen, hulp bij het vinden van een baan, een woning, een school.
De directeur van het kantoor, dr. Hauser, mocht ons direct:
'Ik bezorg Yudka een plaats in een eersteklas joods meisjespensionaat', beloofde hij en hij hield woord.
Het streng orthodoxe pensionaat in de Joseph-Kern-Strasse 31 kon in het totaal een vijfenvijftigtal meisjes opnemen. We sliepen met ons zessen op een kamer. In het tehuis maakten we ons huiswerk, aten en sliepen we. Bijna alle meisjes kwamen uit de omgeving van Boedapest. De joodse ouders hechtten veel belang aan een goede opvoeding, discipline, orde, gedegenheid.
Dit internaat had een uitstekende reputatie en het was vrijwel onmogelijk om er zonder relaties binnen te raken. Bovendien

was het verblijf erg duur en mijn moeder bezat geen cent. Ik kon mij dus gelukkig prijzen dat het Joint-kantoor zich voor mij ingezet had.

Ik was bijna vijftien jaar oud.

'Je zult je weldra goed bij ons voelen', lachte de directrice en stelde mijn bezorgde moeder gerust.

Lelu Rosenberg was een kinderloze, gevoelige orthodoxe vrouw. Ik mocht haar graag.

'Ik zal je verwennen als mijn eigen kleine dochter', zei ze, drukte mij tegen zich aan en hielp mij zo over de allereerste schroom heen.

Zij alleen wist wie ik was en waar ik vandaan kwam.

Maar ondanks de warmte en genegenheid kon ik maar heel moeilijk aan het internaatsleven wennen. Ik sprak geen woord Hongaars aangezien ik in het Tsjechische gebied van Karpaten-Oekraïne was opgegroeid en in Nove Barovo en Chust naar de Tsjechische en Roetheense school gegaan was. Omdat mijn papieren niet in orde waren (de Joint-mensen hadden mij onder een valse naam ingeschreven en mij toevertrouwd aan de directrice van de school van wie zij zeker wisten dat zij discreet was) en omdat ik de taal niet sprak, konden ze mij ook niet op een school in Boedapest plaatsen.

De regels van het pensionaat waren streng. Wij werden om halfzeven gewekt voor het gebed. Na het ontbijt moesten we opruimen, de bedden opmaken en de kamer verluchten. Dan vertrokken we naar school of naar het werk. Veel internaatsleerlinges waren ouder dan ik en waren opgegroeid in welgestelde families. Ik had maar één jurk om aan te trekken en iedereen kon duidelijk zien dat ik arm was. Desondanks duurde het niet lang of de meeste meisjes dongen mee naar de liefdevolle zorg van Lelu Rosenberg. Zij waren jaloers. Ik leed onder die spanningen maar ik kon er niets aan doen. De directrice meende het alleen maar goed met mij en de andere meisjes konden niet vermoeden waarom zij mij wilde beschermen en verwennen.

Mevrouw Rosenberg was een strenge maar hartelijke vrouw,

anders dan leidster Tswie Grünberger, de dochter van een rabbi. Die was gereserveerd. Na de oorlog is zij op haar beurt met een rabbi getrouwd en zij woont nu in Bazel. Ik heb in al die jaren niet geweten dat zij de holocaust overleefd had. Bij een uitnodiging, ik geloof voor een *Bar Mitswa* in Zürich, vertelde iemand aan tafel een verhaal over een zekere Tswie uit Boedapest die daar destijds een meisjespensionaat geleid had. Toen, een vijftien jaar geleden, heb ik weer contact met haar opgenomen. Zo is het leven.
Van de vijfenvijftig meisjes uit het pensionaat aan de Joseph-Kern-Strasse 31 in Boedapest hebben er slechts vijf de nazitijd overleefd.

Toen ik enigszins gewend was, zocht de directrice voor mij een taalleraar. Daarna zat ik weken, maanden in de eenzaamheid van het tehuis en blokte dag in dag uit op het Hongaars. Die vreemde taal. Van de vrolijke stemmen en het vertrouwde gegiechel van de andere meisjes kon ik pas heel laat 's avonds genieten.
Op een dag was de leidster van mening dat ik bij een joodse familie in dienst zou kunnen gaan om het huishouden te doen of een vak te leren. Zij vond een plaats bij een naaister. Dat was 1942.
Mijn cheffin, ik ben spijtig genoeg haar naam vergeten, leidde een elegant modeatelier met een rijke joodse cliëntèle. Tijdens mijn laatste bezoek aan Boedapest ben ik met mijn dochter Natasha en mijn schoonzoon Louis door de mij zo vertrouwde wijk gelopen, door de straten en langs het huis waar ik gewerkt heb. Alles is nog zoals toen, de deftige huizen, de sfeer van de grote stad, de ietwat morbide Oosteuropese charme. Mijn kinderen verbaasden zich omdat ik mij alles nog zo precies kon herinneren. Ik heb hen zelfs het huis getoond waar ik destijds een jurk moest gaan afleveren. Ik weet alles nog heel precies. Mijn cheffin spoorde mij altijd aan:
'Yudka, doe jij dat even. Breng die dame haar japon. Dat levert je beslist een mooie fooi op!'

Zij bedoelde het goed. Ik hield niet van deze boodschappen. Integendeel. Ik vond het verschrikkelijk. Ik sprak de taal nog niet voldoende en ik vreesde voortdurend op straat aangesproken te worden en dus ook te moeten antwoorden.
In het begin deed ik alsof ik doofstom was en voor een noodgeval had ik altijd papiertjes op zak.
Net als mijn moeder en mijn zusje had ik een panische angst voor controles. Wij vreesden dan dat ze ons onmiddellijk naar Polen zouden terugsturen.
Ik werd pas rustig en zelfverzekerd toen ik de taal beheerste. Toen pas voelde ik mij meer thuis.
Thuis? Wist ik nog wat dat was?

Zo ging de tijd voorbij. Moeder ging dag in dag uit werken. Zij wist dat wij het goed hadden. Dat was haar enige troost. Allengs wenden wij aan het jachtige stadsleven, aan de mensen en hun mentaliteit en aan onze situatie.
Maar we bleven drijfhout. Buitenstaanders. Vol heimwee en verlangen naar een normaal leven.
'Wanneer kunnen we naar Nove Barovo terug?' wilde ik op een dag van moeder weten.
'Wij leven nu hier', zei zij. Bijna bars. Haar toon duldde geen tegenspraak. 'We zullen er het beste van maken.'
Ik heb nooit meer met haar over teruggaan gesproken.
Voor haar was dit leven bijzonder zwaar. Eigenlijk ondraaglijk. Zij sprak wel Hongaars maar haar accent uit Karpaten-Oekraïne was onmiskenbaar. Zij moest noodzakelijkerwijze van ons gescheiden leven maar werd er droefgeestig van. Zij was eenzaam, op zichzelf aangewezen zonder de bescherming en de troost van een partner.
Maar zij sprak er nooit een woord over.
Ook Golde voelde zich niet goed. Zij was twaalfeneenhalf en had heimwee. De ontberingen van de vlucht hadden haar getekend. Zij was een en al zenuwen en liet zich gemakkelijk beïnvloeden. Om elke kleinigheid huilde ze. Daar maakte mijn moeder zich ernstig zorgen over.

In het tehuis raakte ik bevriend met Fraidu Rizel.
'Jij komt uit mijn streek', riep ze verbaasd en haar hele gezicht straalde. Het was een heerlijk gevoel. Iemand van thuis. Zij kwam uit Mittel-Opsa, een dorpje dat nauwelijks vijfentwintig kilometer van Nove Barovo af ligt. Ze was een jaar ouder dan ik, maar we konden uitstekend met elkaar opschieten. Haar ouders moeten al in 1942 vermoord zijn. Fraidu heeft het, denk ik, pas in 1944 vernomen. Zij trouwde later met Moishe Jakovits, die ook uit de Karpaten kwam. Zijn dorp werd door de Hongaren volledig platgebrand omdat de deportaties vanwege de tyfus niet konden doorgaan. Fraidu emigreerde na de oorlog naar Palestina maar kon moeilijk aan het leven daar wennen. Zij voelde zich ontworteld. Vele jaren later verhuisde de gevoelige Fraidu met haar man naar Antwerpen. Daar hebben we elkaar teruggevonden.
Het gemeenschappelijke lot en de gemeenschappelijke herinneringen bleven onze band, ons geheim.

Fraidu kende de problemen van mijn zusje.
'Misschien kan Golde bij ons in het atelier meewerken? Knopen aannaaien? Of zoiets? Ik zou mij met haar kunnen bezighouden', stelde zij voor.
Fraidu wilde Golde helpen maar mijn zusje was wispelturig en deed moeilijk. Zij wilde niet werken. Zij wilde alleen maar naar school.
Het Joint-bureau zorgde uiteindelijk voor een onderwijzer die haar thuis les gaf. Haar pleegouders woonden niet ver van het Hanna-Tehuis en Golde kwam dikwijls bij ons langs. Zij werd de lieveling van de gezusters Schuller die hier een stage deden. Joodse meisjes deden vaker een stage in kindertehuizen om met zuigelingen en kleine kinderen te leren omgaan. Zij haalden mijn zusje uit haar isolement, lachten, brachten haar in contact met kinderen van haar leeftijd, en weldra leerde ons zorgenkind Hongaars te praten en kon ze weer mal doen.
'Als ik meer verdien, kunnen we misschien gaan samenwonen.'

Mijn moeder gaf de hoop niet op. Vroeg of laat zouden wij weer een 'echt' gezin zijn.
'Ik zou het heerlijk vinden als ik jullie weer elke dag om me heen had', voegde ze eraan toe. Haar hoop was gevestigd op verre verwanten die ze opgespoord had.
De Guttmanns luisterden ontsteld naar ons noodlotsverhaal.
Maar zij waren veel te bang om ons op te nemen.
Het bleef, zoals altijd, bij vage beloften.

En wij leefden verder, gescheiden.
Drie jaar lang.
Moeder, Golde en ik zagen elkaar zo vaak mogelijk 's avonds tussen zes en zeven uur op een bank in het park.
Tot begin 1944.

Het leven van de joden was ook in Boedapest onprettiger en moeilijker geworden.* De BBC berichtte over de gruweldaden in Galicië en over de slachting van Kamenetsj-Podolski.
'Zouden ze ons nu geloven?' Moeder sprak tegen zichzelf.
De ontwikkelingen in het Oosten van Europa bevielen haar niet. Zij was bezorgd. Maar alle waarschuwingen van geloofwaardige getuigen werden door de joden in Boedapest in de wind geslagen.
De stemming in de stad was geladen. Antisemitische kreten werden steeds luider. De nazi-moordenaars marcheerden nietsontziend door Europa. De hele wereld keek toe. De Hongaarse joden in de Donaustad dachten dat hen niets kon overkomen, deden alsof er geen vuiltje aan de lucht was en legden de handen in de schoot.

8

1944
Radeloos terug naar de Karpaten

Mijn hoofd denkt kosmopolitisch, mijn hart slaat joods...

Lion Feuchtwanger

In maart 1944 marcheerden de Duitse troepen Hongarije binnen.
'Alles herhaalt zich', zei moeder. 'Kinderen, wij moeten vanaf nu de davidster dragen.'
De jodenpesterijen waren niet meer te overzien.
Joodse gezinnen mochten geen Arische huishoudster meer in dienst nemen. Joden werden niet meer als advocaat tot de balie toegelaten, uit de ledenlijsten van de Pers-, Theater- en Filmkamers geschrapt, de apothekers verloren hun vergunning. Alleen bij de artsen aarzelden de Duitsers met de *Bereinigung* omdat er door het tekort aan geneesheren problemen dreigden te ontstaan. Om de *Entjudung* van het bedrijfsleven door te voeren moesten ten laatste tegen de herfst 1944 alle joodse employés ontslagen zijn op enkele uitzonderingen na: zij die 'noodzakelijk voor het ongestoord voortzetten van het bedrijfsleven' waren, kregen uitstel van executie. Joods kapitaal moest aangegeven worden, bank- en spaarbanktegoeden werden geblokkeerd, alle joodse firma's en winkels gesloten, goederen en winkelinrichtingen in beslag genomen.

Er brak paniek uit.
Maar het was te laat. Veel te laat.

De Amerikaanse Joint, het Internationale Rode Kruis, verscheidene diplomaten, de zionistische jeugdbeweging en ook christelijke organisaties en een aantal conventen en kloosters probeerden haastig te helpen, te bemiddelen, vrij te kopen.
Er werden enorme sommen aangeboden, goederen verhandeld, gesmokkeld, beloofd, geruild.
Het hielp niets.

Vanaf augustus 1944 werden de joden in bepaalde huizen gedreven, in wijken in de buurt van fabrieken en stations, overal waar luchtaanvallen te verwachten waren. Hier leefden zij dicht opeen als in een getto. De verlaten joodse woningen werden aanvankelijk ter beschikking gesteld van de Arische

burgers die uit hun eigen huizen gebombardeerd waren. De uitgaansperiodes van de joden die in de aangewezen huizen bijeengebracht waren, werden beperkt, en de rantsoenen voor joden werden verminderd.*
De SS beoogde ten laatste in de herfst 1944 heel Boedapest *judenfrei* te hebben. Van joodse smetten gezuiverd.
Het hele duizendjarige rijk lang.

Wij waren over onze toeren.
Iedereen was over zijn toeren.
In deze ondergangsstemming begaven moeders zenuwen het.
In haar wanhoop nam zij een verkeerde beslissing.
'Laten we naar huis gaan, naar Nove Barovo', zei zij toonloos.
'Ik wil Iljana en oom Schlomo terugzien.'
Zij had geen kracht meer. Was oneindig moe en eenzaam.
Haar wereld was ingestort. Zonder de geborgenheid van de grote joodse familie, die onuitputtelijke bron van vertrouwen en warmte, kon zij niet meer ademen.
Haar vrouw-zijn was haar tijdens de bewogen overlevingstocht ontnomen, was vervangen door een sprakeloze onmacht.
Zij zag geen perspectieven meer.
Zij kon niet meer. Naar Roemenië? Waar de machthebbers ondertussen nieuwe heren dienden? Clandestien de grens over? Nogmaals op de vlucht? Nee. Trouwens, wie over de Roemeense grens wilde, had niet alleen veel geluk maar ook en vooral veel geld nodig, heel veel geld. De mensensmokkelaars wisten wat ze wilden.

Iedereen dacht aan zichzelf.
Iedereen handelde voor zichzelf.

'Als je op de Canadese of Zweedse ambassade kunt bewijzen dat je contacten in het buitenland hebt, is er een kans dat je het land mag verlaten. Zou daar een kans voor ons inzitten?'
Mijn moeder hoorde op het laatste nippertje over die mogelijkheden. Zij dacht aan haar Argentijnse man.

Mijn vader: Moishe Kaufman. Ver weg, veilig in Buenos Aires. Maar wat kon mijn moeder doen zonder geldige Argentijnse papieren, zonder wettige documenten. Wensdromen?
'De oorlog moet toch vroeg of laat voorbij zijn?' troostte ze zichzelf. 'De Roethenen zullen voor ons een bunker bouwen, en we zullen ons er wel doorheen slaan', maakte ze zichzelf wijs. 'Kom kinderen, we hebben ergere dingen meegemaakt.'
En ze bond weer onze armzalige bagage dicht.
We reden met de trein van Boedapest naar Boesjtina. Zoals indertijd, in 1941, ditmaal in de andere richting.
Mama keek niet eenmaal om.

De treinreis was een nachtmerrie. De angst opgepakt te worden was alomtegenwoordig. En overal woedde de oorlog. Voor de Karpaten en voor Zevenburgen waren er reisbeperkingen. Voor de binnenlandse post was de censuur ingevoerd. De ondergrondse saboteerde de bevoorrading en veroorzaakte onrust in het achterland. De Duitse Wehrmacht had de handen vol. Reizen was uiterst gevaarlijk.
Duizenden en nog eens duizenden wanhopige mensen waren op de vlucht. Van huis weg of weer naar huis terug. Verdwaald in een eindeloos inferno.
Mijn moeder was in paniek. Hoe moedig had zij ons door de laatste jaren heen geholpen en ons steeds weer hoop gegeven. Nu had haar kracht het begeven.
Wanneer en waar zou deze odyssee eindigen?

In Boesjtina liepen wij bang door de donkere stegen en wachtten in een donkere portiek. Tot de nacht viel. In de straten patrouilleerden militaire vrachtwagens en wemelde het van soldaten. Zij waren op zoek naar partizanen en controleerden onverbiddelijk elke burger.*
De hemel strafte ons verlangen naar onze geboortestreek.

Wij haastten ons over de vertrouwde velden en door het dichte veilige struikgewas.

Moeder kende elke bocht, elk pad, elke boom, elke plas, elke haag. De weg van Boesjtina naar Nove Barovo.
De lucht rook naar rijp koren. Het hooi kriebelde in onze neus. De aarde was een vertrouwde vriendin.
Thuis?
Uitgeput maar opgelucht bereikten we ons dorp en klopten aan bij Iljana. De brave boerin huilde van blijdschap.
'De Russen zitten al in de bergen', juichte zij. 'Geloof me, de nachtmerrie kan niet lang meer duren.'
Al vlug geurde het in het kleine armzalige vertrek naar gebakken eieren, brood en gortesoep. Wij zaten tevreden rond de gezellige grote kachel en genoten van de warmte.
'Het is natuurlijk verboden, maar iedereen in het dorp luistert toch stiekem naar het Russische nieuws op de radio. Het kan niet lang meer duren.'
Iljana liet geen twijfel toe.

'Hoe is het met oom Schlomo?' vroeg moeder.
Iljana zweeg. En wij wisten.
Ze hadden de wijze oude man opgehaald. Net zoals alle andere joden uit Marmaros die het inferno in Galicië overleefd hadden. De beulen hadden hem slechts een kort uitstel verleend. De nazi's waren niet te bedriegen. De leden van de joodse gemeenschap die sinds 1941, na de onmenselijke ervaringen van de deportatie, weer in Nove Barovo, Boesjtina en in andere dorpen van Karpaten-Oekraïne leefden, waren ervan overtuigd geweest dat ze aan het noodlot ontkomen waren.* Een illusie.
In 1944 moesten de joden van Boesjtina naar een getto verhuizen. Later werden ze in de synagoge gedreven, daar vastgehouden, vernederd en gefolterd. Geld en voorwerpen van waarde werden hen afgenomen. Een Hongaarse vroedvrouw onderzocht met sadistisch plezier de joodse vrouwen en meisjes. De laatste joodse huizen werden geplunderd en onteigend. Ten slotte werden alle joden uit Boesjtina, zoals mijn oom Schlomo, in veewagens van het station naar het Matesolko-

getto gebracht. Meer dan 17.000 joden vegeteerden daar dicht opeen. Beesten. Zij kwamen uit meer dan dertig gehuchten van Marmaros. Matesolko was het grootste en gruwelijkste getto van het gebied. Van hieruit werden de laatste overlevenden naar de concentratiekampen vervoerd.
Vrijwel geen keerde terug.

Oom Schlomo is vermoedelijk samen met de meeste joden uit Boesjtina op 29 mei 1944, de tweede dag van Sjavoeot, het Wekenfeest, met het derde transport naar Auschwitz gebracht.

Moeder had geen tranen meer. Ze staarde voor zich uit, de smalle schouders gebogen, het gezicht bloedeloos. Zij haalde diep adem en probeerde haar zelfbeheersing te herwinnen.
Vanaf toen vervulde zij haar plichten als moeder nog ernstiger maar zwijgend. Zwijgend. Verdriet en weerzin stonden in haar mooie ogen. Altijd.
Zij maande ons aan te blijven hopen.
'Wij mogen het niet opgeven.'
Woorden die mij vandaag nog altijd als een belofte in de oren klinken.

Iljana, de moedige en trouwe Roetheense boerin, verstopte ons in een hok achter haar kleine huis. Samen met haar man bouwde zij dag in dag uit aan een soort veilige bunker waarin wij ons, als het gevaarlijk werd, konden verbergen. Maar wij, kinderen, waren niet bang.
'Wie in Nove Barovo zou ons verraden?' vroeg ik aan mijn moeder. 'Iedereen kent ons en er is niemand die ons kwaad wil doen.'
Waarom hadden wij wantrouwig moeten zijn? Al generaties lang woonden wij joden naast en tegenover de Roethenen. De joodse arts legde zowel bij de zieke Roethenen als bij ons huisbezoeken af en de joodse vroedvrouw zorgde zowel voor de Roetheense als voor de joodse moeders. Al meer dan tweehonderdvijftig jaar waren wij buren. Hoe hadden wij ook maar

een ogenblik aan de loyaliteit van onze buren kunnen twijfelen?
Alleen moeder was wantrouwig geworden.
'Wees alsjeblieft voorzichtig!' herhaalde ze steeds weer. 'Vertrouw niemand en blijf in huis.'

Later hoorde ik dat vele Roethenen – misschien juist niet in Nove Barovo maar in andere dorpen van Karpaten-Oekraïne – hun joodse buren voor een halve fles drank aan de Hongaarse gendarmen hebben uitgeleverd. Ze zouden zich aan de Hongaren bij wijze van spreken als speurhonden verhuurd hebben, ook al moesten ze eigenlijk niets hebben van de Hongaren. Ze zouden geld van de doodsbange joden aangenomen hebben, hun hulp en een schuilplaats beloofd hebben, en ze dan toch uitgeleverd hebben.
Bittere verhalen.
Dat bleef ons bespaard. Iljana en alle andere dorpsbewoners bleven ons trouw. Wij, kinderen, voelden ons veilig en moeder vond het, ondanks haar wantrouwen, zalig dat ze weer thuis was, ook al was het leven beperkt en konden wij alleen maar werkeloos afwachten.
Wachten. Eindeloos.

9

Mijn nieuwe identiteit: Maria Boeza

Ik ben in 1911 'uit het jodendom gestapt',
en ik weet dat je dat helemaal niet kunt.

Kurt Tucholsky

'Jij moet die modderige bunker uit', zei moeder. 'En je moet je benen kunnen bewegen. Het is hier veel te klein.'

De ontberingen van de vlucht van Galicië naar de Karpaten hadden hun sporen achtergelaten. Bij het doorkruisen van de besneeuwde kloven en het doorwaden van de ijzige rivieren waren mijn tenen bevroren en vertoonden mijn benen vorstbuilen. De vochtige bunker en het bijna bewegingloos zitten in de te kleine ruimte waren bepaald niet bevorderlijk voor de bloedsomloop en ik leed ondraaglijke pijn. Mijn moeder kon dat niet langer aanzien en zocht naar een oplossing. Zij vond dat ik weg moest.

Weg uit de benauwdheid, weg uit Nove Barovo.

Weer op de vlucht?

'Misschien weet Ivanovitsj Boeza raad', dacht Iljana en zij had blijkbaar al met de Roetheense boer over de nijpende situatie gesproken.

De zwijgzame Boeza gaf mijn moeder de passen van zijn vrouw en zijn twee dochters.

'Als jullie gepakt worden,' zei hij rustig, 'moeten jullie gewoon beweren dat jullie de papieren gestolen hebben.'

Mijn moeder kreeg het te kwaad. Zij twijfelde. Kon zij dit aanbod aannemen? Had zij het recht om iemand met zijn hele gezin in zo'n gevaarlijke situatie te brengen?

Maar wat konden we anders doen?

'Neem het aanbod aan', drong Iljana aan. 'Ivan meent het eerlijk en hij houdt woord.'

Ester Herz werd zo Cilia Boeza, Golde Herz werd Anna Boeza en Yudka Herz werd Maria Boeza.

Ik had een nieuwe identiteit.

Ik was geen jodin meer.

Ik hoefde het daglicht niet meer te schuwen. Ik was weer een achtenswaardig mens, fatsoenlijk en absoluut integer.

Maar ik voelde mij niet goed. Ik dacht aan oom Schlomo die gedacht had veilig te zijn, aan tante Sara die in Delatin achtergebleven was, aan al diegenen die wij tijdens de lange mars naar de hel hadden moeten achterlaten.

Hadden zij ooit een kans gehad?

Ik moest nu zo snel mogelijk naar Boedapest terug. Daar kon ik werk vinden.
'En je weet waar je kunt logeren', zei moeder. 'Bovendien spreek je nu vloeiend Hongaars.' En ofschoon de situatie in Boedapest zich had toegespitst en de deportaties doorgingen, besliste moeder: 'Ga toch maar. Hier word je alleen maar ziek, en dat is helemaal geen oplossing.'
Ik vertrok.
'Zodra het mogelijk is, kom ik je met Golde achterna', beloofde moeder. Dat was mijn troost.
'Met ons drieën tegelijk is te gevaarlijk.' Mama voelde mijn bange onzekerheid.

Ik was zeventien jaar oud. Beroofd van illusies en dromen. De verantwoordelijkheid lag zwaar op mijn schouders.

Iljana informeerde in het dorp naar een eventuele begeleiding. Poli Pilz, een 'Zwaab' die samen met mijn moeder naar school gegaan was, altijd contact met de joodse gemeenschap gehad had en met ons Jiddisch sprak, nam mij onder zijn vleugels.
Of Poli inderdaad uit Zwaben kwam, kan ik niet zeggen. Voor ons in de Karpaten waren alle Duitsers of mensen van Duitse afstamming, of ze nu uit Zwaben, Frankenland, Saksen of Bohemen, uit Oostenrijk of het Slovaakse Spis kwamen, eenvoudigweg allemaal 'Zwaben'.

'Ik zorg voor Yudka.' Poli troostte mijn terneergeslagen moeder. 'Ik zal haar tot Boedapest begeleiden', en hij besprak met haar de reis. 'Ik moet je echter nog iets opbiechten, Ester', voegde de moedige man er aarzelend aan toe. 'In Nove Barovo zitten nog twee joodse meisjes verborgen. Ik neem hen ook mee.'
Wij waren sprakeloos.

Lelu en Bela Geller, ik kende ze allebei goed van school, waren samen met hun moeder in ons dorp bij Roethenen ondergedoken. En wij hadden er niets van geweten.
'Er zijn er nog een paar in leven', zei moeder.
Haar ogen schitterden.
Lelu leeft nu in Cleveland en Bela in New Jersey bij New York. Wij hebben elkaar ook later, ondanks alles wat er gebeurde, nooit uit het oog verloren.

In de nacht van dinsdag op woensdag pakte moeder mijn armzalige spullen in, stopte mij een zakje met twaalf ingenaaide kleine goudstukken en wat proviand voor de reis in de hand. Dan namen we diep bedroefd afscheid.
Mijn kleine breekbare moeder? Zij was nauwelijks vijfendertig, een jonge oude vrouw. Getekend door de vernederingen van de laatste jaren.
Een schuwe schaduw, een peinzende godvrezende vrouw, eenzaam zonder enige mannelijke hulp, maar vol goedheid en warmte. Gedreven door een diep verantwoordelijkheidsgevoel voor haar kinderen.
'Breng mijn dochter veilig naar Boedapest!' zei zij tegen Poli en vocht tegen haar tranen. Ook Iljana huilde. Ten afscheid schonk de gelovige katholieke Roetheense mij een kruisje.
'Draag het aan dit gouden kettinkje', snikte ze. 'Het zal je geluk brengen.'

Nu was ik een christen: Maria Boeza, een Arische van Roetheense afkomst.

Poli Pilz hield woord. Hij kwam ons om elf uur 's avonds halen en liep in de duisternis voor ons uit. Met onderlinge afstanden van vijftig meter slopen wij door het bos en over de velden tot aan een stal, ongeveer twee en een halve kilometer van Boesjtina verwijderd. Poli zorgde voor eten en drinken en vertrok toen met een fiets die in de stal stond naar het kleine stadje om daar de situatie te verkennen. Hij beloofde ons zo vlug mogelijk op te halen. Wij waren ongeduldig en nerveus. De nacht duurde eindeloos. De duisternis was bedreigend. Maar Poli kwam terug. Zoals beloofd. En wij liepen weer zwijgend achter hem aan. In Boesjtina wachtte in het station de trein naar Boedapest.

'Wij stappen in dezelfde wagon maar we gaan allemaal in een andere coupé zitten,' zei Poli, 'niemand mag merken dat wij elkaar kennen.'

De reizigers werden gecontroleerd, razzia's waren aan de orde van de dag. Ze zochten naar partizanen en deserteurs. Niet meer naar joden.

'In jullie bonte Roetheense dracht zal niemand op het idee komen dat jullie jodinnen zouden kunnen zijn', had Iljana ons gerustgesteld en wij voelden ons enigszins veilig. Gelukkig bleven lastige controles en razzia's ons bespaard en wij kwamen behouden aan in het romantische Satu Mare. Het levendige stadje in het uiterste noordwesten van Zevenburgen, in het destijds door Hongarije geregeerde Transsylvanië – het is nu Roemeens –, had eveneens onder de oorlogstroebelen geleden.* De rails van het station waren gedeeltelijk vernield en wie naar Boedapest wilde moest overstappen.

'In Satu Mare moeten jullie een paar uur geduld hebben en in het station op mij wachten', had Poli ons al in Boesjtina gezegd. 'Ik moet daar een dringende zaak afhandelen. Tegen de tijd dat de trein naar Boedapest vertrekt, ben ik weer terug.'

Poli verdween in de menigte. Wij bleven alleen achter.

In de grote hal van het station heerste een ongelooflijke chaos. Honderden mensen, oude vrouwen, moeders met zeurende kleine kinderen, oorlogsinvaliden, soldaten in versleten uniform sleurden valiezen en zakken, trokken karren, duwden kinderwagens, zaten uitgeput op pakken en dozen, sliepen ineengekrompen op de smerige grond, wachtend op een trein. In afwachting van een doel.

Waarheen? Waarom?

Het hele land lag in puin. Duitsers uit Boekovina of Karpaten-Oekraïne, Roethenen, gedeporteerden, krijgsgevangenen: ze waren allemaal op de been. Honderden, duizenden mensen waren moeizaam en radeloos over de passen van de Karpaten getrokken in de hoop 'ergens' een dak boven het hoofd te vinden, ergens wat te eten te krijgen. Het station was een smeltkroes van miserie, een opvang voor menselijk wrakhout. De zwarte markt floreerde. Alles werd verkocht voor een stuk brood of een armzalige deken. Alles was te koop: wapens, paarden, legeruitrusting, sigaretten, juwelen. Er werd gestolen en gesmokkeld, gekocht en verkocht. Controleurs en ordediensten probeerden krampachtig de chaos in te dijken. Tevergeefs.

De wereld was uit haar voegen gerukt. In duizend stukken. Er viel niets meer te lijmen.

De Hongaarse generale staf had ten westen van de Karpaten voor de ten oosten van het gebergte vechtende Hongaarse troepen ravitailleringsbases opgezet in de gebieden rond Oezjgorod, Moekatsjevo, Chust en Sighetul. Deze bases dienden tevens ter bevoorrading van de in de Karpaten of ten westen van het gebergte vechtende Duitse eenheden. De Duitse administratieve troepen waren in Satu Mare gestationeerd. Van hieruit werd de bevoorrading voor het gebied georganiseerd. Bakkerijen en slagerijen voorzagen de doortrekkende troepen van proviand voor de mars. Bevoorradingstreinen stopten in het station van Satu Mare en het wemelde er van Duitse soldaten en officieren.

Wij meisjes liepen bang in de grote hal van het station heen en weer en wachtten in die verschrikkelijke chaos urenlang op Poli. Tevergeefs. De trein naar Boedapest was ondertussen allang vertrokken maar Poli kwam niet. De avond viel, het werd nacht. Wij hingen rond in de hal, wanhopig, wisten niet wat we ervan moesten denken. Tot de volgende morgen.

Toen kwam Poli. Maar hij was niet alleen.

Twee mannen in burger vergezelden hem. Poli zag ons al van ver, wuifde met tegenwoordigheid van geest met zijn strohoed, en maakte ons daarmee duidelijk dat we er vandoor moesten gaan.

Veel later hoorden wij dat onze trouwe begeleider, terwijl wij in het station van Satu Mare op hem wachtten, naar Matesolko gereisd was, naar het verschrikkelijke getto waar de meeste joden uit Marmaros bijeen geperst waren voordat zij naar Auschwitz gedeporteerd werden. Mijn oom, de oudste broer van mijn vader, was met zijn hele gezin daarheen gebracht. Wij nemen aan dat hij Poli opdracht gegeven had een groot stuk grond van hem te verkopen om met de opbrengst zijn gezin in het getto vrij te kopen. Dat geld had Poli bij zich. Maar hij moet al tijdens de treinreis naar Satu Mare in het oog gehouden zijn. De beambten waren hem tot in Matesolko gevolgd en hadden gewacht tot hij het geld overhandigde. Toen hadden zij hem gearresteerd.

Nu zaten wij in Satu Mare.
Lelu was tweeëntwintig jaar oud, Bela en ik zeventien.

Wij kenden geen mens, hadden geen onderdak, wisten niet waar we naartoe moesten. Wij hadden geen rantsoenzegels, die in die tijd waardevoller waren dan geld, en de goudstukken van mijn moeder wilde ik nog niet uitgeven.
Waar was Poli? Wat was er gebeurd? Zou hij verhoord worden? Zou hij praten? Waren ze ons al op het spoor?
Niemand kon ons helpen.

Later begreep ik dat Poli gefolterd moet zijn. Maar hij heeft de namen van zijn beschermelinges niet losgelaten. Hij heeft onze vrijheid met zijn leven betaald. Zijn broer, Petro Pilz, leeft met zijn gezin nog in Nove Barovo. Ze hebben nooit meer iets van Poli gehoord. Of mijn moeder ooit vernomen heeft wat ons in Satu Mare is overkomen? Wat Poli is overkomen? Ook daarop heb ik nooit een antwoord gekregen.

'Het is beter als je hier in Satu Mare voor jou alleen een kamer zoekt', meenden Bela en Lelu. 'Wij willen bij elkaar blijven en met drie is dat hopeloos.'

Zij hadden gelijk.
Maar ik voelde mij ellendig.
Van een hotel kon geen sprake zijn. Zelfs niet voorlopig. Hotels werden namelijk voortdurend gecontroleerd. En dus ging ik, nadat ik in de hoop dat Poli toch nog terug zou komen, drie nachten op een bank in het park in de buurt van het station had geslapen, op zoek naar een kamer.
Dat was niet zo simpel. De nieuwe identiteit en mijn nieuwe naam lagen mij zwaar op de maag. En ik was moederziel alleen. Volledig op mezelf aangewezen. En onzeker.
Er was zelfs geen bank meer waar ik mijn moeder had kunnen ontmoeten om met haar de situatie te bespreken. Ik kon niet meer bij haar te rade gaan. Ik was alleen.
Bij het vallen van de duisternis zag ik een gemoedelijke vrouw met een grote wasmand in de armen de straat oversteken. Ik raapte al mijn moed bijeen en sprak haar aan.
'Weet u misschien voor mij ergens een gemeubileerde kamer te huur?' vroeg ik aarzelend. 'Al was het maar voor een paar dagen? Voorlopig?'
Goedheid en warmte straalden mij tegemoet. Zij keek mij vol medelijden aan en zei spontaan:
'Kom mee, kind. Je kunt mijn kamer hebben. Ik heb voor mijzelf plaats genoeg in de keuken op de bank.'
Zij was Hongaarse en vermoedde natuurlijk niet dat ik een jodin was.
Ik trok bij haar in.
Haar arme woning in een achterhuis in het centrum van Satu Mare was klein maar proper. De keuken, die tegelijkertijd als woon-, eet- en badkamer dienst deed, was door een gordijn van de slaapkamer gescheiden. Het hele 'huis' had maar één raam. Op de drukke binnenplaats ging het er rumoerig aan toe. Uit de naburige bakkerij stroomden 's morgens vroeg al de heerlijkste geuren van vers brood en zoetigheden de kamer in. Ik had het eigenlijk niet beter kunnen treffen. Mijn hospita, ik noemde haar Mori Neni, tante Mori, sloot mij onmiddellijk in haar grote hart en kookte vleessoep, zette ondanks

de slechte tijden enorme stukken gebraad op tafel en spoorde mij voortdurend aan 'eindelijk eens iets fatsoenlijks te eten'. 'Kind, je bent te mager en je ziet er ontzettend slecht uit.'
Ze meende het goed met mij. Maar het eten bleef mij in de keel steken. Ik miste de koosjere kost, moeders zorg en troost.

10

Satu Mare 1944-1945
Werk bij de Duitse Wehrmacht en een nieuw thuis

Door een zeldzame ironie van het lot waren – en zijn – alleen de ontsnapten, de spoken, zich hun deel van de schuld bewust. Het is hier geen jansenistisch begrip, en de erfzonde laat hen onverschillig. Hun schuld is concreter, hartverscheurender – zij hoort bij hun wezen.

Elie Wiesel

Ik wist maar al te goed dat ik mijn leven nu zelf ter hand moest nemen.
Ik zocht werk.
Maar ik had geen opleiding, geen relaties en, vooral, geen zelfbewustzijn. Ik had echter een wekelijkse huishuur te betalen en ik moest ergens van leven.
Door bemiddeling van het arbeidsbureau van Satu Mare vond ik een baan in een koekjesfabriek. Daar verdiende ik het zout in de pap niet, nauwelijks genoeg voor het allernoodzakelijkste.
In het modeatelier in Boedapest had ik een beetje leren naaien.
Ik zocht een nieuwe kans en trok weer naar het plaatselijke arbeidsbureau. De trieste file werkelozen leek eindeloos lang.
Ik gaf mijn personalia op, vertelde aan de dame achter het loket dat ik Hongaars, Roetheens en Tsjechisch sprak, kreeg nummer 137 en hoopte op een portie geluk.
Een Duitse officier betrad samen met twee Hongaarse collega's de zaal. Een paar minuten later werd luid en duidelijk het nummer 137 opgeroepen. Alles werd zwart voor mijn ogen en ik voelde me misselijk.
Tot op heden kan ik mij niet herinneren hoe ik struikelend het loket bereikt heb. Ik was ervan overtuigd dat ze mij gingen arresteren.
Maar er gebeurde niets van dien aard. De loketbediende wist precies wat ik voordien aan haar verteld had, lachte vriendelijk en zei welwillend:
'Ik heb een fantastische baan voor u. Ik stel u even voor aan deze heren.'
Ze bracht mij in het bureau van de Hongaarse officieren. Voor de intendance van de Duitse Wehrmacht werd een meertalige kracht gezocht.
Ik kon nauwelijks helder denken.
'Ik kan onmogelijk bij het Duitse leger werken,' zei ik schuchter, 'want ik spreek geen woord Duits.'
De officieren moesten lachen en waren van mening:
'Dat heeft geen belang. Bij de intendance werken vrijwel alleen maar burgers: Oekraïeners, Hongaren en joden.'

Ik geloofde mijn oren niet. Joden? Was er dan in Satu Mare nog een getto? Of een werkkamp? De angst sneed me de adem af.
Ik vroeg om bedenktijd.
Ik deed de hele nacht geen oog dicht.

Dit aanbod was een unieke kans om mijn nieuwe identiteit officieel te bevestigen. Werken onder de ogen van de Duitsers? Op aanvraag van de Duitsers? Ik was Maria Boeza, in dienst van het leger, een christin met het kruisje van Iljana op haar borst.
In het hol van de leeuw was ik het veiligst.

Ik begon te werken voor inspecteur dr. Schuff bij de intendance van de Duitse Wehrmacht en moest zorgen voor de distributie van proviandpakketten voor Duitse en Hongaarse soldaten.
Schuff was een Wehrmachtofficier, geen SS'er. Dat stelde me gerust. Hij was, nadat hij in Rusland gewond was, van het front teruggeroepen en had de leiding gekregen van de intendance voor de doortrekkende troepen in Satu Mare.
De correcte en gedistingeerde man bekeek mij onderzoekend. Hij zei:
'Je zou mijn dochter kunnen zijn!' en legde zijn arm om mijn schouders, trok aan mijn lange vlechten en nam mij op staande voet aan.
Ik mocht hem erg graag. Hij was warmvoelend, attent, rechtvaardig en vertrouwenwekkend. Hij deed mijn angst verdwijnen.
Hoe vaak heb ik hem peinzend zien staan? Blijkbaar vermoedde hij niet alleen veel, maar wist hij het ook.
Ik heb onlangs verscheidene advertenties in Duitse kranten geplaatst om hem op te sporen. Tevergeefs. Naar alle waarschijnlijkheid leeft hij niet meer. Maar zijn kinderen leven zeker nog. Hij was een goed vader. Een goed mens.
Ik zou hem zo graag weerzien.
Nog één keer.

Door mijn werk kwam ik zonder veel moeite heel veel te weten. Dagelijks kwam er op kantoor militaire informatie toe. Ik zat aan de bron. Ik sprak Jiddisch en verstond vrijwel alles wat de Duitsers onderling bespraken en ik spitste natuurlijk, zo vaak als mogelijk was, mijn oren.
De spanning onder de Duitse en Hongaarse officieren was te snijden, de chaos niet te overzien, de miserie allang gewoon. Nerveuze Duitse officieren fluisterden elkaar de laatste negatieve frontberichten toe, de pessimistische reisverhalen van hun collega's. De evacuatie van duizenden en nog eens duizenden mensen was niet realiseerbaar, de opvangkampen zaten stampvol, de gevorderde ontluizingsstations en ambulancewagens, artsen en verplegers kwamen niet opdagen.

In Zevenburgen en Karpaten-Oekraïne leefden al generaties lang talrijke families van Duitse afkomst. Zij waren radeloos op de vlucht, bang voor de wraak van de plaatselijke bevolking. Bij ons op de dienst werden op een dag 53.000 mannen, vrouwen en kinderen gerapporteerd die met hun 50.000 paarden over de Oituczpas naar Oost-Hongarije trokken, voor de Sovjets uit vluchtten. De onmiddellijk opgeroepen speciale eenheden waren de situatie niet meester en zochten krampachtig naar oplossingen. De leider van de keukentrein die ik toevallig in het station van Satu Mare ontmoette, beklaagde zich opgewonden bij Schuff over het feit dat hij niet eens met het koken voor zijn soldaten kon beginnen, omdat het water dat uit de rivier gehaald moest worden, niet op zuiverheid getest was. Een voorbeeld van de nijpende nood.

De situatie was hopeloos.

Generaal Woehler leidde het Achtste Leger in de Oekraïne. In het bureau van de intendance zag ik bij toeval in een map de beoordeling van deze man. In de kernachtige taal van de nationaal-socialisten werd hij omschreven als 'ein ganzer Man'. Ik stikte bijna.

Op de dienst werkten veertien meisjes. Dag in dag uit verpakte ik op de levensmiddelenafdeling zorgvuldig kleine porties chocolade, honing, zout, peper, paprika enzovoort. Proviand voor de soldaten aan het front. Het werk werd voornamelijk gedaan door Duitsgezinde Roethenen en moest snel gaan.
Op de spoorbaan was een groep van een vijftiental jonge mannen aan het puinruimen. Zij sleurden met stenen, kisten en kapotte rails, heel zwaar werk. Zij spraken Hongaars en waren door hun gele armbanden al van ver te herkennen.
Het waren joden.

Schuff had een zwak voor mij. Hij riep mij heel vaak in zijn bureau, zorgde ervoor dat ik geen zwaar werk hoefde te doen, en het gebeurde steeds vaker dat ik voor hem in het stadje boodschappen moest doen.
Ik had een vrij goed salaris en de talrijke levensmiddelen uit het magazijn van de intendance zoals koffie, suiker en chocolade waren een heerlijke aanvulling. Ik sleurde alles mee naar huis, waar Mori Neni mij blij om de nek viel. Wanneer had zij voor het laatst koffie gedronken, laat staan chocolade gegeten?
Ik hield van mijn Mori Neni.
Maar de gastvrije Hongaarse met het hart van koekebrood was alcoholiste. Als zij te diep in het glas gekeken had, vertelde zij mij alles wat zij kwijt wilde. Zo hoorde ik dat zij vroeger als wasvrouw bij een rijke joodse familie met twee zonen en drie dochters aan de andere kant van de stad gewerkt had.
'Maar het hele gezin woont nu in het getto', zei Mori Neni.
Ik geloofde er niets van. Ik had nog nooit van een getto in Satu Mare gehoord.
Later bleek dat Neni als wasvrouw bij de familie Kalman gewerkt had, de familie waar ik na de oorlog zou introuwen.

Op de dienst hield ik mijn oren goed open. Ik observeerde elke joodse dwangarbeider, bestudeerde zijn houding en

hoopte op die manier vroeg of laat iets meer te weten te komen.
Zou er in Satu Mare inderdaad nog een getto bestaan zoals Mori Neni beweerde?
Het liet mij niet met rust.
Op een dag moest ik voor Schuff in de stad sigaretten halen. Er stonden ook joodse dwangarbeiders aan te schuiven. Zij waren niet van onze dienst. Eentje keek mij doordringend aan. Het was de zoon van de notaris uit Boesjtina.
Ik weet nog steeds niet of hij mij herkend heeft.

De situatie was onhoudbaar. Ik wilde per se contact opnemen met de joden maar wist niet hoe ik dat kon bewerkstelligen.
Tot ik op een dag blijkbaar van de duivel bezeten was.
Ik fluisterde een ietwat oudere joodse man het woord *amcho* toe. Dat is Hebreeuws voor 'uw volk'. De magere man monsterde mij argwanend en liep verder zonder zich ook maar een keer om te draaien.

Maar 's anderendaags zag ik hem op de markt van Satu Mare terug. Ik schoof achter hem aan in de rij en fluisterde:
'Ik ben uit de Karpaten, uit Nove Barovo.'
'Ik ook', fluisterde hij terug. 'Ik woon op twintig kilometer van Boesjtina, ik heet Srul Sandor.'
Mijn hart sloeg op hol.
Ik had het gewaagd. Het ijs was gebroken. Tijdens ons gesprek draaide ik mijn kruisje om en hij wist onmiddellijk wat ik bedoelde.
'Is er in Satu Mare nog een getto?' wilde ik weten.
Hij knikte.
Ik was sprakeloos. Mori Neni had dus gelijk.
'Op mijn dienst heb ik over Auschwitz horen vertellen. Een vernietigingskamp', vertelde ik hem opgewonden. 'Dag en nacht roken daar naar het schijnt de schoorstenen van de crematoria. De ongelooflijke stank verspreidt zich, volgens wat ik hoorde, over de hele omgeving.'

De onheilspellende naam Auschwitz zei Srul Sandor niets. Hij haalde stuurs zijn schouders op.
'Waarom wil jij dat allemaal weten?'
Aangezien ik niet wilde vertellen waar ik werkte, waren mijn inlichtingen eigenlijk zinloos. Overbodig.
Maar Srul Sandor was geïnteresseerd. Hij zocht voortdurend naar een kans om met mij te praten. Voor hem stond ondertussen vast dat ik een joodse was. Maar hij sprak er nooit over.
Srul heeft de holocaust overleefd en verhuisde na de oorlog naar Wenen.

Mijn werk op de dienst van de Duitse Wehrmacht was een meevaller. Daar leerde ik Ergi kennen, een sympathiek meisje, en wij werden dikke vriendinnen. Spijtig genoeg ben ik haar achternaam vergeten. Hij is mij niet meer te binnen geschoten. Ik had zo graag weer contact met haar opgenomen.
Ergi's moeder was conciërge van een groot maar leegstaand joods koopmanshuis in Satu Mare. De eigenaars waren gedeporteerd. Als kind speelde Ergi vaak met joodse kinderen, zij sprak zelfs een beetje Jiddisch en was erg geïntereresseerd in joodse zeden en gebruiken. Ik moest mij inhouden om haar niet alles te vertellen. De behoefte eindelijk vertrouwelijk met iemand te kunnen praten was groot, maar de panische angst als jodin ontmaskerd te worden beheerste mij dag en nacht.
Mijn identiteit bleef mijn geheim.
Ergi was argeloos en openhartig.
'Kom toch eens met mij naar huis', drong ze aan. 'Mijn moeder zal het leuk vinden.'
Ik genoot van de gastvrijheid, het normale gezinsleven, de zusters en broers, de onbevangen omgang met elkaar en de gezelligheid.
Hoelang ontbeerde ik nu al een gezinsleven?
'Waar woon je eigenlijk?' wilde Ergi weten. 'Heb je een gezellige kamer in Satu Mare?'
Ik kon mij niet meer beheersen en huilde:
'Ik houd het bij Mori Neni niet langer uit!'

Ik had namelijk ontdekt dat mijn brave gastvrouw tijdens mijn afwezigheid overdag mijn kamer per uur aan prostituées verhuurde. Ik voelde mij niet meer veilig. Bovendien wilde een jonge Hongaarse, die mij van ziens kende en mij blijkbaar niet mocht, van Mori Neni weten waar ik vandaan kwam, wat ik in Satu Mare te zoeken had en waar mijn familie gebleven was. Mijn goedhartige wasvrouw zag daar geen kwaad in. Voor haar was ik een vlijtig Roetheens boerenmeisje dat in de stad werk had gezocht. De gemene cocotte kreeg echter wat zij wilde.
Een paar dagen later moest ik op het politiebureau verschijnen en mijn paspoort laten zien. De 'echte' Maria Boeza was vier jaar ouder dan ik en op de pasfoto zag zij er heel wat volwassener uit dan ik. Ik was ondertussen ook achtien geworden, werd voor vijftien gehouden, was tenger, klein en helemaal niet vrouwelijk.
De politieman bekeek mij sceptisch en zei bars:
'Past u maar goed op, juffrouw! Een telefoontje met de politie in Boesjtina is genoeg. Dan weten we onmiddellijk wie u bent. Misschien bent u wel een joodse?'
Mijn knieën beefden en ik kon aan niets anders meer denken: weg.
Weg van Mori Neni.
Ik vertelde Ergi het hele verhaal van mijn drankzuchtige hospita en van de hoertjes. Zij was ontzet.
'Je komt onmiddellijk bij ons wonen', zei zij en ze duldde geen tegenspraak. 'Mijn moeder heeft niets liever.'
De dag daarop verhuisde ik 's morgens naar het huis van Ergi's ouders. Zij namen mij op als een eigen dochter. Wij deelden de maaltijden en ik betaalde Ergi's moeder huur.

Voor mij begon een prettiger leven. Van de ene dag op de andere had ik weer een echt thuis. Ergi en ik zwierven door de romantische stegen van het kleine stadje, maakten urenlange wandelingen door de wijngaarden en ik leerde de prachtige omgeving van Satu Mare kennen.

Liep de oorlog op zijn eind?
Wij hoopten het.

Op een van onze zwerftochten door de wijken van Satu Mare kwamen we langs het huis van de oude Zinger. Ergi bevestigde wat Srul Sandor mij vroeger al toegefluisterd had: dat de tijdens de Eerste Wereldoorlog verminkte oude man – hij was een voet kwijtgeraakt – daarom niet gedeporteerd was.
Het ontroerde mij intens. Sommigen waren dus toch aan de beulen ontkomen?
Op een dag, het moet mei 1944 geweest zijn, zag ik dat groepen joden met stokslagen naar het station gedreven werden. Ik bleef als aan de grond genageld staan en vroeg aan de voorbijgangers:
'Wie zijn dat? Wat heeft dat te betekenen?'
Zij keken mij verbaasd aan.
'Weet u niet dat het getto nu eindelijk volledig ontruimd moet worden?'
Daar had ik op de dienst niets over gehoord. De moordenaars gingen dus ook hier in Zevenburgen aan het werk.*
Satu Mare was van oudsher een centrum van het chassidische jodendom. Volgens de volkstelling van 1941 telde de stad 52.011 inwoners, van wie 12.960 joden. Dat is een vierde. Later heb ik gelezen dat de leidende vertegenwoordigers van het *Entjüdungsprogramm* op 26 april 1944 in Satu Mare bijeengekomen waren om de vernietigingsplannen voor de joden in Noord-Zevenburgen uit te werken. Begin mei 1944 leefden in het getto van Satu Mare onder de meest erbarmelijke omstandigheden nog bijna 19.000 joden. Het joodse kapitaal was geconfisqueerd. Tussen 19 mei en 1 juni 1944 werden 18.863 joden met zes transporttreinen naar Auschwitz gedeporteerd. Het getto was geliquideerd.
Op de dienst beval inspecteur Schuff nogal nors alle dwangarbeiders op appel in zijn bureau. Hij drong erop aan dat zij niet meer naar hun families in het getto terugkeerden, maar dag en nacht klaar stonden voor de intendance.

'Er is veel te veel te doen, we mogen geen tijd meer verliezen. Ik heb elke man broodnodig', zei hij en hij duldde geen tegenspraak.
Het was een uitvlucht. Een voorwendsel.
De Duitse officier wilde de jonge mannen van de deportatie redden. Hij wist maar al te goed wat hen te wachten stond.
Maar de joden vertrouwden hem niet.
En wat kon ik doen? Ik zocht wanhopig naar een mogelijkheid om mijn mensen te waarschuwen. Ik kon en wilde niet langer alleen maar toeschouwster zijn. Tijdens het sorteren van de proviandpakketten in grotere dozen die naar de perrons gesleept moesten worden, haalde ik heel diep adem en sprak Ferku Klein, een van de oudste joodse dwangarbeiders, aan.
'Ga niet terug naar het getto', fluisterde ik hem toe, maar hij bekeek mij met een diepe weerzin.
'Wie ben jij? Een spionne?'
'Jullie mogen niet naar het getto terug!' zei ik nog een keer met nadruk. 'Er moeten ten minste een paar overleven', smeekte ik om gehoor. Tevergeefs.
Ferku Kleins vrouw en twee kleine kinderen leefden in het getto. 'Moet ik die gewoon in de steek laten? Zomaar? Wat denk jij eigenlijk wel?' zei hij en verontwaardigd liet hij mij staan.
'Misschien overleeft je vrouw het met Gods hulp en komt ze terug.' Ik liet hem niet los. 'Zij is jong en sterk.'
Hij stond als aan de grond genageld en bekeek mij bijna met haat in de ogen. Had hij opgemerkt dat ik over zijn vrouw en niet over zijn kinderen sprak?
Wij fluisterden en werkten, fluisterden en werkten. Andere joodse dwangarbeiders keken wantrouwend in onze richting en riepen Ferku in het Jiddisch toe toch maar op te passen en geen woord los te laten. Voor hen was ik een spionne en niet te vertrouwen.
De joden luisterden niet naar Schuff en ook niet naar mij.
Zij keerden zonder uitzondering naar hun gezinnen terug.

Ik heb geen van hen ooit teruggezien.
Zou een van hen het overleefd hebben?
Ik weet het niet.

De situatie spitste zich toe.
De laatste deportatietreinen verlieten het station van Satu Mare.
Mijn herinneringen lieten mij niet meer los. Ik beleefde alles voor een tweede keer.
Ik was er opnieuw getuige van hoe mensen onder de ogen van het publiek van hun trots beroofd, onwaardig behandeld werden en ten slotte met de dood in de ogen en in het hart uitgestoten werden.
De inwoners van Satu Mare reageerden alsof het hele gebeuren hen niet aanging. Zij voldeden aan hun dagelijkse verplichtingen.
Het laatste groepje joden wachtte geduldig naast hun armzalige boeltje op het perron van het station en luisterde naar de luid schreeuwende Hongaarse en Duitse officieren. Zij wachtten op het transport naar de dood.
'Jullie hebben niets te vrezen', herhaalden de moordenaars steeds weer. 'Wij evacueren jullie naar het platteland.'
Die smoesjes kende ik maar al te goed.
Een scène die mijn schedel deed openbarsten.
Ik heb alles gezien. Ik, Maria Boeza, achttien jaar oud, met een christelijk kruisje aan een gouden kettinkje om mijn hals. Een verharde Roetheense. Ongevoelig. Met twee dikke vlechten dansend op haar rug, om inspecteur Schuff een plezier te doen.
Een gezond jong meisje wie het aan niets ontbrak.

Een bleke joodse vader in zijn versleten zwarte kaftan – hij was misschien vijfenveertig jaar – stapelde onzeker de smerige bagage van zijn kroostrijk gezin op – ze waren met minstens twaalf – en zette de kleinste teder op de versleten, moeizaam samengebonden koffers. Daartussen stond op de grond een mand met een hartverscheurend huilende zuigeling.

Schuff hoorde de baby en riep mij toe:
'Maria, neem het kind op de arm en zorg dat het niet zo huilt.'
Maar ik was verlamd. De angst kneep mijn keel dicht. Ik stond star te kijken en zei als in trance:
'Ik wil het niet, ik wil het niet, ik wil het niet!'
En draaide mij uitdagend om.
Ik was een van hen. Wist hij dat niet allang?
De gendarmen konden elke minuut voorbijkomen en mijn identiteit vaststellen. Dan was ik overgeleverd. Veroordeeld. Verloren. Ik wilde de baby niet oppakken, niet vasthouden, niet zien. Ik wilde met de hele boel niets te maken hebben. Ik wilde mij alleen maar omdraaien. Mijn eigen huid redden.
Schuff blafte mij toe:
'Waarom zoek je geen betrekking bij de SS? Je bent een harteloos meisje. Ik ben diep verontwaardigd.'
De Duitser heeft mij wekenlang genegeerd.
Zou hij mij dat voorval ooit vergeven hebben?

Ik heb mijzelf niet vergeven.
De indrukken van het station van Satu Mare vervolgen mij tot vandaag de dag. De herinnering aan het kleine hoopje mens in de armzalige mand kan ik niet wegduwen. De grote zwarte ogen van de kleine kinderen en van de huilende zuigeling kijken mij nog altijd verwijtend aan.
Het is onuitwisbaar.
Ik voel mij schuldig.

Satu Mare was weldra vrijwel *judenfrei*. Af en toe ontmoette ik 's zondags de gezusters Geller met wie ik uit Nove Barovo gevlucht was. De twee meisjes werkten, net als ik, onder een valse naam en hadden een vals paspoort. Zij woonden bij boeren op een boogscheut van de stad en ik zag verlangend, week na week, uit naar deze heimelijke ontmoetingen. Lelu en Bela waren een stuk van mijzelf. Zij waren lotgenoten, medeplichtigen en ingewijden. Wij waren in hetzelfde dorp geboren en spraken dezelfde taal. Wij hadden dezelfde religieuze wortels.

Wij waren ontheemd, op de dool.
's Zondags ontmoetten wij mekaar in de veilige stilte van de halfdonkere katholieke kerk van Satu Mare, zochten beschutting onder de hoge gewelven en baden daar tot onze eigen God.
Deze hoogdag was voor ons het symbool van verdriet. Een rouwdag. Wij vastten zoals met Jom Kippoer, de joodse herdenkingsdag van de verzoening en de vergeving van de zonden.
Maar wij voelden ons niet bevrijd.
De honger naar het leven was allang een drukkende last.
Wij leefden in een vacuüm, voortdurend gespannen, hopend op betere tijden. Maar de dagelijkse werkelijkheid scheen oneindig onveranderd.
Wij wachtten op een wonder.

11

Lente 1945
Na de agonie, de bange bevrijding

De echte wanhoop greep ons pas later aan. Erna.
Toen we uit de nachtmerrie opdoken en naar een zin begonnen te zoeken.

Elie Wiesel

De mensen op de oevers van de Teresjva en de Terebla in Zevenburgen, in de wijde dalen aan de voet van de Karpaten beleefden allang de hel op aarde.
Europa lag in doodsstrijd.
De geallieerden waren reeds lang in Normandië geland.
Maar op de intendance scandeerden de Duitsers nog altijd, alsof er niets aan de hand was, hun kernachtige leuzen. De stemming echter was onder nul. Niemand maakte zich nog illusies.
De oorlog was verloren.
Na een controletocht door de ravitailleringsbases in Noordoost-Hongarije tekende een Duitse officier van dienst, volledig van de kook, de catastrofale situatie achter het front uit.
'De ravitaillering is ineengestort', vertelde hij ontzet.
Schuff zat zwijgend naar hem te luisteren.
'De talrijke luchtaanvallen op de bevoorradingsbases en de ontluizingsbarakken maken een consequente hulpverlening schier onmogelijk', klaagde de Duitse militair. 'Meer dan 70.000 Volksduitsers uit Zuid-Oekraïne hebben hun geboortedorp verlaten en zijn doelloos op de vlucht. Behalve met deze Volksduitsers moeten wij ons echter ook nog bezighouden met duizenden en nog eens duizenden andere Oekraïeners, Sjoema, Kozakken, geëvacueerden en krijgsgevangenen. Zij zijn allemaal aan het eind van hun Latijn en verkeren in een erbarmelijke toestand.'

Satu Mare werd gebombardeerd.
'Dat zijn de Amerikanen!' riepen de mensen. Mij kon het niet schelen. Ik was blij dat er eindelijk echt iets gebeurde.
De meeste mensen sloegen in paniek op de vlucht en verlieten de stad. Het station lag in puin. De intendance van de Duitse Wehrmacht draaide nog maar op halve kracht.* Schuff liet mij naar een andere dienst in het centrum van de stad overplaatsen. Bij het station werd de boel langzaam maar zeker ontmanteld. Vanaf dan werkte ik in een soort distributiecentrum. Ik moest kleren, schoenen, handtassen en breigoed

sorteren, oorspronkelijk joods bezit, om ze daarna onder de behoeftigen in de stad te verdelen. Het waren geen waardevolle spullen. Die waren allang door anderen in beslag genomen.
Niemand wist meer precies wie waarvoor verantwoordelijk was.
Mijn vriendin Ergi moest samen met haar ouders de stad verlaten. Daar was ik erg bedroefd om. Haar grootouders hadden buiten Satu Mare in Barg-Satmar, ook al wel eens Satmarhagj genoemd, op een heuvel een mooie hofstede. Op heldere dagen kon je vanuit de oude binnenstad in de verte de glooiende hellingen boven de Somes bewonderen. In het stervende najaar blonken de bladeren van de bloeiende wijngaarden oranje en goudgeel tegen het witte avondlicht van de kortende dagen. Dikke druiven, donkere 'bessen' voor de zware rode wijn, in deze streek zo dik als een aperitiefdrank en zo zoet als een marsala, waren rijp voor de oogst. De wijnboeren konden elke hulp goed gebruiken.
'Kom toch mee. Wat kun je hier in de stad nog doen?'
Ergi drong aan. Zij nam mij mee naar haar grootouders, want zij zag ook hoe verloren ik mij voelde en hoe ongelukkig ik was omdat ik alleen in de stad achterbleef.
Op de boerderij ging het er druk aan toe. Seizoenarbeiders kwamen en gingen. Overal op de erven van de landgoederen in de wijnstreek waar de oude wijnbouwersfamilies rond deze tijd van het jaar met de wijnoogst begonnen, lagen bergen bruine druiveschillen en -stelen. Het rook naar de droesem van de vooravond, zurig en bitter. De mensen dronken en lachten en in de milde herfststemming leek het alsof we voor korte tijd de hele miserie konden vergeten.
Voor een ogenblik.
Want beneden in de stad hoorden wij de sirenen huilen. Niet al te ver weg rommelden de kanonnen als een niets goeds voorspellende echo over de hellingen. Uit het puin stegen rookwolken op.
De laatste stuiptrekkingen van een brutale oorlog.

Op de boerderij konden wij niet klagen over gebrek aan werk. Wij stroopten de mouwen op en ik was gelukkig dat ik mij als dank voor de gastvrijheid nuttig kon maken. Ergi's moeder ontnam mij mijn schroom en sloot mij in haar armen:
'Ik heb er een dochter bijgekregen!'
Op het landgoed voelde ik mij veilig en geborgen. Iedereen was hartelijk en toonde veel begrip. De sfeer was opgewekt en vrolijk, al wisten we maar al te goed dat het nog altijd oorlog was. Ergi's grootvader hield evenveel van mij als van zijn andere kleinkinderen. Tenminste, hij gaf mij dat gevoel. Hij zag het kruisje van Iljana op mijn borst en wist dat ik vaak bad.
'Maria is het voorbeeld van een vrome katholiek', zei hij steeds weer opnieuw.
Ik werd rood tot achter mijn oren. Iedereen was lief en goed voor mij. Wij vier meisjes, Ergi, haar beide zusjes en ik kwamen uitstekend overeen. Wij kibbelden en giechelden, trokken samen naar de druivenoogst en leefden in een soort zeepbel met het broze gevoel van een vrije zorgeloze jeugd. 's Zondags gingen we op stap met de jongeren uit de buurt. Overal werden we met open armen ontvangen en er heerste een uitgelaten stemming.

Op een dag waren wij uitgenodigd door vrienden van het gezin in een naburig dorp. Nadat Ergi aangebeld had, verscheen in de brede deur van het patriciërshuis een schuchter dienstmeisje. Het was een jodin. Ik voelde het onmiddellijk.

Ook toen wij allemaal na een vrolijke middag weer thuis waren, liet de gedachte aan dat tengere, schuchtere meisje in haar schort mij niet meer los. Mijn hart vulde zich met warmte. Ik was trots. Trots op de overlevenden.
Een paar dagen later kon ik mijn nieuwsgierigheid niet meer bedwingen en ik trok naar het mooie huis.
'Kunt u mij de weg naar de stad wijzen? Ik ben ietwat verdwaald', vroeg ik aan het meisje toen zij net als zondag de deur opende.

'Waar komt u eigenlijk vandaan?' wilde ik weten. 'Uit Roemenië of Hongarije?'
'Uit Karpaten-Oekraïne', antwoordde ze. 'Ik ben Roetheense. Ik werk hier sinds een paar maanden.' Zij was duidelijk op haar hoede. 'Mijn ouders zijn arm en ik heb veel zusjes en broertjes. Als oudste moest ik een betrekking in het huishouden zoeken', voegde zij eraan toe.
'Ja?' deed ik verbaasd. 'Net zoals ik.'
Wij bekeken elkaar. Er viel geen woord ter verklaring. Dat hoefde niet.

Jaren na de oorlog zag ik haar terug op een *Bar Mitswa* in Brooklyn. Zij herkende mij onmiddellijk. Zij was gehuwd met een Amerikaanse aannemer en had ondertussen vier kinderen. We vielen elkaar spontaan om de hals. Wij voelden ons erg met elkaar vertrouwd, ook al hadden we elkaar slechts een paar minuten in de opening van een deur in de buurt van Satu Mare gezien.

De vredige stemming die over de rijpe wijnbergen lag, was een illusie. Er was onweer aan de lucht. Elke dag bracht ander nieuws, andere geruchten. De Russen waren in aantocht.
De ouders van Ergi wilden dat wij meisjes verstopt werden.
'Alle vrouwen, ook de oudere, moeten zich verstoppen', beval de grootvader. 'De Russen zijn onberekenbaar.' Hij hield voet bij stuk.
Zo werden wij in de varkensstal ondergebracht. Het droge hooi, het stof en de afschuwelijke stank van de varkens heb ik nog altijd in mijn neus. Wekenlang sliepen wij, verstopt achter de smakkende beesten, in het stro.
Het was onze redding.

Niet alleen de collaborateurs sloegen op de vlucht. Opgeschrikte mensen trokken met volgeladen bolderwagens, aanhangwagentjes, kinderwagens en handkarren, karren en sleeën over bos en veld.

Vervolgd en verdreven, gejaagd en geschonden. Moeders, kinderen, grijsaarden en dieren. Onschuldige slachtoffers van een zinloze waan.
De atmosfeer onder de bevolking was geladen.
Iedereen was radeloos.

Wij keken in de toekomst.
De nachtmerrie was zo goed als voorbij.
Weldra zou ik naar huis kunnen, mijn moeder en mijn zusje, Iljana en Anna weerzien. Als ik daaraan dacht was ik buiten mezelf van vreugde.
Hoe zouden zij het stellen? Zou mijn moeder, ondanks het lot van Poli, met Golde naar Boedapest vertrokken zijn?
Ik was nu meer dan een jaar in Satu Mare. Zonder enig nieuws van thuis.
Zo wachtten wij vol heimwee op de bevrijding.
De situatie stabiliseerde zich traag. De Russische commandant liet in Satu Mare affiches aanplakken met het dringend verzoek aan de bevolking en het leger om zich gedisciplineerd en rechtschapen te gedragen. En grootvader zette eindelijk het signaal op veilig. Op een zondag, begin mei 1945, waagden wij ons voor de eerste keer na vier lange weken weer buiten. Bijna gestikt door het stof en het vuil.
'Is de oorlog nu werkelijk ten einde?' wilde ik weten.
Niemand had er ook maar een idee van wat dit voor mij betekende.
Wat was er gebeurd met alle spoorloos verdwenen, verdreven, vermiste mensen? Met alle gedeporteerden en verkrachte, verminkte, onteerde, geschonden en ontheiligde mensen?
Wat was er met de joden gebeurd? Kwamen zij terug naar huis? Wie was nog in leven?

Ik was bevrijd. Maar ik was nog altijd Maria Boeza.
Een vreemde in mijn eigen huid.
Wie zou mij een nieuw paspoort uitschrijven en wie zou mij geloven en willen weten wie ik werkelijk was en ben?

'Ik ben een jodin', zei ik op een dag onverhoeds tegen Ergi. Ik vertelde haar alles: de deportatie vanuit Nove Barovo en de eindeloze mars door Galicië, de vlucht over de Karpaten, de eenzame jaren in Boedapest, de eerste moeilijke tijd in Satu Mare en ten slotte alles wat zijzelf samen met mij had meegemaakt zonder mijn echte identiteit te kennen.
'Herinner je je nog die verschrikkelijke situatie met het joodse kindje op het station in Satu Mare? En de reactie van inspecteur Schuff?' vroeg ik haar.
Ergi wist waar ik het over had.
'Inderdaad,' zei ze, 'je houding vond ik indertijd afschuwelijk.'
Nu wist zij alles: haar vriendinnetje Maria Boeza was een joodse. Sinds 1941 op de vlucht.
'Ik was wel af en toe verbaasd', meende ze. 'Je wilde nooit met jongens omgaan. Dat vond ik mal.'
Nu was het haar duidelijk, ook waarom ik niet met een christelijke jongen wilde flirten.
Ook de ouders en grootouders van Ergi reageerden verbaasd maar tegelijkertijd meevoelend en heel hartelijk.
'Ik ben trots dat ik ook een steentje tot je redding heb kunnen bijdragen', zei haar moeder en kneep me vriendelijk in mijn wang.

Ergi huwde later een Poolse jood en emigreerde naar Israël.
'Misschien ben ik wel een joodse', lachte zij destijds. 'Mijn moeder werkte bij joden. En wie weet?!'
Zij verliet Europa en ik heb haar nooit meer teruggezien.

12

Mei 1945
De laatste weg naar huis

Vaak zeg ik tegen mezelf dat ik de plek waar ik geboren ben, waar ik leerde lopen en liefhebben, nooit verlaten heb: het universum is alleen maar de oneindig vergrote projectie van deze kleine stad ergens in Zevenburgen, Marmarosszighet geheten.

Elie *Wiesel*

Na de bevrijding bleef ik nog een paar dagen op het landgoed in de weldoende atmosfeer en onder de hoede van mijn gastheren. Maar ik was onrustig. Ik wilde naar huis. Sinds ik met Ergi de stad uit getrokken was en bij haar grootouders woonde, had ik geen contact meer gehad met de gezusters Geller. Wij hadden maandenlang niets meer van elkaar gehoord. Wat was er van hen geworden?

Ik wilde naar het Russische commandantsbureau om een nieuw 'echt' paspoort te laten uitschrijven en dan naar mijn moeder in Nove Barovo vertrekken.

Maar ik was bang. Een jong meisje alleen op weg door een verwoest land, dat was je reinste zelfmoord.

Verkrachtingen, plunderingen, wraaknemingen en berovingen waren aan de orde van de dag. Wie kon ik om raad vragen? Ik kende niemand. En niemand kende mijn probleem.

Mij schoot de jood Zinger te binnen. Hij was toch vanwege zijn verdiensten in de oorlog van 1914-1918 niet gedeporteerd. Ik voegde de daad bij het woord, trok naar het huis van de vrome chassid en vroeg hem om hulp.

De oude jood met de lange witte baard luisterde geduldig naar mijn verhaal. Wij spraken Jiddisch en ik vertelde hem alles over Nove Barovo, Bela en Lelu, over mezelf en mijn valse papieren.

'Kan ik gewoon naar het Russische commandantsbureau gaan en zeggen dat ik joodse ben en naar huis wil?' vroeg ik aan de wijze oude man. 'Denkt u dat zij mij geloven? En wie kan mijn identiteit bevestigen?'

Zinger stelde mij gerust. Hij wilde eerst en vooral inlichtingen over de zusjes Geller inwinnen. En hij had geluk. Eindelijk zag ik mijn joodse vriendinnen terug.

Zinger vergezelde ons naar de Russische commandant en stelde zich borg voor ons. Wij kregen een gloednieuw paspoort met onze eigen joodse namen en de Russische functionarissen bezorgden ons een reisvergunning.

'Maar hoe komen we naar huis?' vroegen de gezusters Geller niet zonder reden. 'Alles is kapot.'

De hele wijde wereld lag in puin. Het station van Satu Mare was gebombardeerd, de rails waren vernield, stoptreinen reden al heel lang niet meer en de rivieren kon je alleen maar met een vlot oversteken. Op elke hoek reed of stond een Russisch militair voertuig. De vrachtwagens van de 'bevrijders' namen ook vaak vluchtelingen mee maar wij meisjes durfden zoiets niet aan. Dagenlang wachtten wij aan de rand van de weg op een civiel voertuig. Maar er waren maar weinig vrachtwagens en als er toevallig een voorbijpufte, puilde die uit van de mensen die in trossen achterop hingen.
Iedereen wilde weg. Iedereen was op de been.
Wij wachtten geduldig dagenlang op dezelfde plek en keken uit tot er eindelijk een meevoelende chauffeur stopte.

Ik was er vast van overtuigd dat mijn moeder en mijn zusje nog leefden. In deze optimistische stemming keerde ik huiswaarts.
Met pak en zak dicht opeengeperst stonden de mensen in de laadbak van de vrachtwagen die moeizaam over de modderwegen sukkelde. Het landschap was vernield. De stadjes en dorpjes waren verwoest.
Een droevige tol van een zinloze oorlog.
Tussen twee bontgeklede Roetheense boerinnen ontdekte ik twee ietwat oudere mannen.
'Dat zijn joden', dacht ik, maar ik was te schuchter om hen aan te spreken. Toen begonnen zij over de hoofden van de anderen heen in het Hongaars grapjes te maken, maar lieten af en toe een Jiddisch woord vallen. Het ijs was gebroken.
Jakob Fuks en Icig Ornstein kwamen uit Tacevo, onze arrondissementstad, en waren net als wij onderweg naar huis. Wij meisjes waren opgelucht. Met mannelijke begeleiding leek het avontuur van de terugreis maar half zo gewaagd.
In Bixad, een stadje in het huidige Roemenië, stopte de vrachtwagen bij het vallen van de duisternis voor de eerste keer. Aangezien er geen enkele fatsoenlijke overnachtingsmogelijkheid was – er was letterlijk niets te krijgen – stapten we

naar het Russische commandantsbureau. Na eindeloos wachten ontving ons een donkerharige jongere man in Russisch uniform. Hij was joods, luisterde naar ons verhaal, bezorgde ons een kamer in een klein pension en stelde ons voor de volgende morgen een voertuig ter beschikking. Beter hadden we het niet kunnen treffen. We waren buiten onszelf van vreugde. Nu kon er niets meer misgaan.

Des te verbaasder was ik toen onze joodse begeleiders ons na het gesprek in het commandantsbureau kwamen opzoeken en met mij alleen wilden spreken. Zij brachten mij een huwelijksaanzoek!

'De Russische jood, de commandant, wil je onmiddellijk onder de choepa brengen!' beweerden Jakob en Icig lachend.

Ik dacht: 'Die man moet gek geworden zijn', en ik was volledig van de kook.

Ik was een argeloos jong meisje en had op dat moment wel wat anders aan mijn hoofd dan mannen.

Mijn grootste verlangen was zo vlug mogelijk naar huis gaan en mijn moeder omhelzen. Ik wilde eindelijk alles inhalen wat ik in al die tijd gemist had. Ik wilde weer naar school toe. Toen de nachtmerrie begon, was ik veertien. Nu was ik achttien.

Ze hadden mij meer dan vier jaar ontstolen en ik had enorm veel in te halen. Een echtgenoot was het laatste waar ik aan dacht.

's Anderendaags reisden we verder. De tocht duurde eindeloos. En wij waren ongeduldig. Onze gedachten en woorden draaiden onophoudelijk rond Nove Barovo en onze moeders die in de bunker waren achtergebleven.

Bela beet voortdurend op haar nagels. Lelu staarde voor zich uit, diep in zichzelf verzonken. Hoe dichter we bij huis kwamen, hoe nerveuzer wij werden.

Vlak voor Tacevo gaf de auto de geest. Wij trokken te voet verder tot we van boeren op een kar een stuk mochten meeschommelen.

Dan zagen we eindelijk in de verte Boesjtina liggen. Mijn hart sloeg op hol.
Wat was dit stadje mij vertrouwd.
De voorzomer lag over de vruchtbare akkers en het geurde naar mest en maïs, naar gras en koeien. Het maakte mij dronken van vreugde.

De houten huisjes met de schuine daken stonden onveranderd, gebukt, blauw of geel geschilderd tegen de stoffige straten aan te dromen, en de mensen sleurden net als voor de oorlog hun bundel sprokkelhout over de holle leemwegen.
Mijn geboortestreek. Mijn vaderland. Weer thuis?
Ik wenste dit zalige gevoel voor altijd vast te houden.
Opgewekt en vol vertrouwen liepen wij over de zomerse zandwegen naar Nove Barovo.
De laatste reis.

Zigeuners kwamen ons tegemoet. Vertrouwde gezichten, vertrouwde mensen uit ons dorp. Een bont groepje, vrouwen in lange zwierige rokken, mannen in gescheurde werkkielen en blootvoetse kinderen.
Ze herkenden ons en begonnen onmiddellijk te praten, te gebaren.

Zij hadden niets goeds te vertellen.

'Vijf weken voor het einde van de oorlog zijn jullie moeders en Golde door de Hongaarse gendarmen opgehaald', zei Patachi en staarde verlegen naar zijn stoffige schoenen.
Over Flora's donkere, gerimpelde gezicht liepen tranen.
'Wij weten niet waar ze naartoe gebracht zijn', zei ze en staarde omhoog. 'Naar het schijnt naar Auschwitz.'

Ik wilde niet meer naar huis. Ik weigerde verder naar Nove Barovo te lopen. De zusjes Geller brachten mij ten einde raad naar dokter Davidowitz in Boesjtina.

Tijdens de bezetting en de vervolging was Pal Davidowitz met zijn gezin ondergedoken bij een christelijke familie en hij had in de Karpaten de holocaust overleefd. Hij was afkomstig uit Rachov en was de laatste joodse arts in de streek. Als geneesheer en districtambtenaar was hij verantwoordelijk voor het stadje Boesjtina en de omliggende dorpen. Na de oorlog week hij uit naar Palestina waar hij in de havenstad Haifa een praktijk begon.
In die voorzomer van 1945, na de lange terugreis naar Nove Barovo, ontving de goedhartige man mij als een vader. Hij troostte mij en probeerde mij te kalmeren.

Mijn moeder en Golde: dood.
Gestikt onder een anonieme massa doden, onder duizenden lijken ergens in Auschwitz. Zij hadden tevergeefs totaal berooid en gedreven door angst dwars door Oost-Europa gezworven. In de hoop op leven. In de hoop op een toekomst.
Ik geloofde het niet. Ik wilde het niet geloven.
Ik voelde me koud en leeg.

Patachi en Flora vertelden in het dorp opgewonden over hun ontmoeting. Het nieuws dat wij teruggekeerd waren, verspreidde zich als een lopend vuurtje. Binnen de kortste tijd wist iedereen in Nove Barovo wat er ons was overkomen en hoe wij het laatste jaar hadden doorgebracht. Iljana vernam over mijn inzinking. Zij bezocht dokter Davidowitz en overreedde mij toch maar naar Nove Barovo te komen.
De arts twijfelde. Hij was er niet zeker van of ik het weerzien zou kunnen verwerken, de confrontatie met alle herinneringen aan goede en slechte dagen, de confrontatie met mijn verloren 'thuis'.
Ten slotte wist Iljana hem te overtuigen.
'Ik ben als een moeder voor Yudka', smeekte ze. 'Ik ken haar sinds haar geboorte.'
Iljana nam mij mee naar huis en vertelde alles wat er gebeurd was.

'Er zitten nog vier joden in het dorp ondergedoken', had een jonge Roetheen verklapt aan de Hongaarse gendarmen, die met hem 's avonds aan de toog stonden. Hij had te diep in het glas gekeken en wilde waarschijnlijk indruk maken. Na het zatte geklets moest de jonge man in kwestie bij de collaborateurs op het matje komen. Daar werd hij uitgeperst. Waar precies zitten die joden, wilden ze weten. En de kerel doorstond het verhoor niet. Mijn moeder, Golde en mevrouw Geller werden gearresteerd en ook Iljana werd opgepakt.
'De moordenaars wilden per se weten waar het "andere meisje" was. Waar jij verstopt zat', zei ze en ze beefde van woede. Ze sloegen en folterden haar. Maar Iljana bleef standvastig.
Zij heeft mij het leven gered.

De oude Iljana leeft nu nog in Nove Barovo en is bijna negentig jaar oud. Nog steeds klopt de armoede, net als in onze tijd, aan haar deur. Er is niets veranderd. Het dorpje, temidden van de velden, bossen en modderwegen, ziet er nog net zo uit als eeuwen geleden. De mensen ook.
Tussen de houtkachel en het ijzeren bed wacht de brave boerin geduldig, verdwaald in het verleden, op haar dood.
Iljana heeft het dorp nooit verlaten. Zij kent niets anders. Zij was aan haar geboortegrond gehecht en met de natuur verbonden. Zij was trouw en eerlijk. Zij was en bleef zichzelf.
Wie is er ooit op het idee gekomen om haar op te nemen in een van de grote gedenkboeken waarin de lof gezongen wordt van de moedige 'redders'?
Wie heeft haar naam ooit genoemd bij de verzetsmensen, de 'rechtvaardigen'?
Deze eenvoudige Roetheense, die mij als kind in haar armen nam, wanneer ik barrevoets door het struikgewas liep en over een steen struikelde en huilde. Deze goedhartige vrouw die met mijn moeder en ons haar enig stuk brood deelde.
Zij heeft geen monument nodig.

Ook de meisjes Geller waren ontzet en diepbedroefd.

Nove Barovo was niet meer ons dorp.
Het joodse leven was uitgeroeid.
De tweeënvijftig huisjes, door ons joden in 1941 verlaten, waren ondertussen allang weer bewoond; Roethenen hadden ze naar hun smaak ingericht. Tussen de muren ademde een nieuw leven, een vreemde ziel. De velden waren opnieuw bewerkt, de synagoge was gesloten, de joodse begraafplaats met onkruid overwoekerd, de geur van de koosjere keuken vervluchtigd, de vrome klachten van mijn volk weggestorven, de zwarte schaduwen, deemoedig in gebed verzonken, voor eeuwig verstomd.

Wij waren overbodig. Vreemden.

Het ruisen van de zijden kaftans op sabbat, de geur van de *challoth* die uit de kleine arme keukens stroomde, de bezige vlijtige vrome joodse vrouwen, Poerim, Pesach, de besnijdenis van de kleine jongetjes en de vrolijke *Bar Mitswa's*. Voorbij. Verwoest. Voor eeuwig.

Wij hebben Nove Barovo verlaten.
Zonder een woord.

Ik nam afscheid van Iljana. Zij gaf mij de laatste bezittingen van mijn moeder en nam mij stevig in haar armen.
'Yudka,' zei ze, 'luister goed naar mij: vergeet nooit wie je bent. Een gelovige dappere jodin. Denk aan je moedige moeder en trouw nooit met iemand die haar niet waardig is.'
Iljana, de vrome katholieke vrouw. Haar verdraagzaamheid en goedheid hebben mij een leven lang begeleid.

Boesjtina was door de oorlog en de vervolging zwaar geteisterd. Joden zochten vertwijfeld naar overgebleven familieleden. Meestal tevergeefs. Hele families waren uitgeroeid. Joodse kinderen onder de vijftien en oudere mensen boven de vijftig waren bijna allemaal dood.

Na de bevrijding werd voor de weinigen die terugkwamen in het huis van het gezin Wolf een openbare keuken ingericht. De meesten wisten niet waar ze naartoe moesten en konden hier terecht. Deze openbare keuken werd niet gesubsidieerd. Ze werd uit eigen middelen door de kleine joodse gemeenschap in stand gehouden. Alle synagogen en gebedshuizen waren verwoest. Boesjtina was één puinhoop. In de zogenaamde Centrale Sjoel richtten de overlevenden een kamer in om te bidden en een kamer voor de vrome jodinnen. Tussen 1945 en 1947 kwam een dertigtal gezinnen terug. De meesten waren echter niet uit Boesjtina zelf afkomstig maar uit naburige dorpen. Zij probeerden zich weer enigszins thuis te voelen. Maar dat was gemakkelijker gezegd dan gedaan.
De naoorlogse sfeer was beklemmend. Niemand vertrouwde iemand. Wie had gecollaboreerd? Wie had joden verraden? Wie had onschuldige mensen aan de beulen overgeleverd?
Het verhaal van de jonge Brandstein was typisch voor de toenmalige situatie. Na zijn vrijlating uit het concentratiekamp kwam Brandstein naar huis toe en op weg naar de keuken in het huis van het gezin Wolf ontmoette hij een Roetheen uit Boesjtina. Brandstein droeg nog zijn kampkleren. Deze man echter, die met de nazi's gecollaboreerd had en joden uitgeleverd had, droeg het uniform van de communistische militie en moest in de straten van het Oekraïense stadje de orde handhaven. De overijverige politieagent nam de door ontberingen getekende Brandstein bij de kraag, sleurde hem naar het station en dwong hem voor de gemeenschap te werken. De jonge jood moest aardappelen schillen voor het Rode Leger. Alle protesten waren tevergeefs. Pas uren later, toen de voor het keukenwerk verantwoordelijke Russische sergeant was opgedoken, lieten ze hem lopen.

Er was niets veranderd.
De overheid had de neef van mijn moeder, Mosje Herz, die als enige van onze familie uit Auschwitz teruggekeerd was, in Boesjtina een groot huis ter beschikking gesteld. Hij had zijn

hele gezin, zijn vrouw, een dochter en twee zonen in Auschwitz verloren en nam mij op als zijn eigen dochter. Het grote huis stond voor iedereen open. Hier ontmoette iedereen iedereen. Dat was prachtig. Hier vonden de verwaarloosde joden, de vertwijfelde schipbreukelingen, nauwelijks aan de dood in de concentratiekampen ontsnapt, een eerste troost.

'Je kunt ook bij ons wonen', zei dokter Davidowitz die dochters van mijn leeftijd had. 'Je moeder was een goede vriendin van ons', beklemtoonde hij om het mij gemakkelijker te maken.

Maar ik wilde niet zo erg graag.

Ik was ontspoord en probeerde mij zo goed en zo kwaad als het ging te oriënteren. Een eigen evenwicht te vinden.

Zoals de meesten.

De overledenen, vermisten, vergasten waren onze permanente schaduw. Schuw en onbeholpen leerden wij met deze situatie omgaan.

Bij Mosje Herz ontmoette ik de zusters Rosa en Rita Goldstein. Wij sloten onmiddellijk vriendschap.

'Laten we in Chust naar de joodse mensa gaan', stelde Rosa voor. 'Daar ontmoet je iedereen die uit de concentratiekampen teruggekomen is.'

Rosa, Rita en ik waren overgelukkig dat we weer vrij en onbevangen joodse instellingen konden bezoeken en in het openbaar met elkaar konden omgaan. Maar in de refter van de mensa in Chust keken ze ons maar scheef aan. Alsof we van een andere planeet kwamen. De jonge mannen maar vooral de meisjes die aan de concentratiekampen ontsnapt waren, zagen er griezelig uit. Zij waren niet alleen graatmager en hun donkere ogen staarden uit diepe holten, maar zij hadden ook geen haren. Zij waren kaal geschoren. Rosa, haar zus en haar broer, waren tijdens de oorlogsjaren ondergedoken en hadden bij brave burgers alles overleefd. Wij droegen ons haar lang. Mijn vlechten dansten uitdagend op mijn rug. Geen enkel joods meisje in de koosjere mensa van Ghust droeg het haar lang, laat staan in dikke vlechten.

Wij waren gevoelig geworden. Overgevoelig.
Tussen ons, de ontsnapten en overlevenden, hing een terneerdrukkend zwijgen, alsof wij ons voor het geschenk 'leven' moesten schamen.

Het gerucht dat de Russen Karpaten-Oekraïne zouden annexeren werd steeds hardnekkiger. De meeste joden verkozen uiteindelijk toch maar weer weg te trekken. Naar het Sudetenland of naar Praag. Sommigen emigreerden naar Palestina op zoek naar een betere wereld. Of om de zielspijn te verzachten. Het Joint-comité mocht in Karpaten-Oekraïne geen speciale hulp verlenen. Men kon in Boekarest wel een beroep doen op Joint-hulp. Dat deed de ronde.
De gezusters Geller besloten naar Satu Mare terug te keren. In de hoop op een betere kans op werk. Een betere kans op leven.
Ik sloot mij bij Bela en Lelu aan.

In 1947 verboden de nieuwe communistische leiders aan de joden in Boesjtina het bidden in het openbaar. De chassidim trokken zich weer achter de gevels van de huizen terug.
Het antisemitisme droeg opnieuw bloemen. Nu onder de stalinistische banier.
De charmante burgerlijke kleine stad waar zo menig creatief joods koopman het tot welstand had gebracht, verloor voorgoed haar chassidische identiteit.
De joodse begraafplaats, pas tegen het einde van de vorige eeuw aangelegd, ligt vandaag de dag volledig verwilderd achter een gebroken muur. Geiten en schapen komen hier grazen, schuwe katten soezen op de graven.
Slechts twee davidsterren aan een verroeste poort, diep achterin een Roetheense tuin, wijzen de verwoeste weg naar de scheefgezakte grafstenen. De eeuwige rustplaats. Sinds jaren

aan haar lot overgelaten. Af en toe komt er een bezoeker of bezoekster uit Amerika, Australië of Israël.
Sporadische getuigen van een ontwortelde generatie?
Een omweg makend naar zichzelf toe of naar hun oorsprong?
De oude Roetheense vrouw in het huisje in de voortuin heeft de sleutels van de oude poort in bewaring en voor een paar dollar biedt zij hoofddoeken en keppeltjes. Dan ontsluit zij de poort.

13

1945-1950
Mijn nieuwe joodse leven

Uitgevaren
in een bark van nacht
dreef ik
en dreef tegen een oever.
Tegen wolken leunde ik tegen de regen.
Tegen zandheuvels tegen de woedende wind.
Op niets kon je vertrouwen.
Alleen op een wonder.
Ik at de groenende vruchten van het verlangen,
dronk van het water dat dorstig maakt.
Een vreemdeling, stom voor onontsloten streken,
was ik bevroren in de duistere jaren.
Thuis koos ik mij de liefde.

Mascha Kaléko

In Satu Mare hoorden wij meer over de Amerikaanse Joint-hulp in Boekarest. Velen trokken erheen. Ik ook. Daar ontmoette ik Fraidu Rizel, mijn vriendin uit het pensionaat in Boedapest. Zij was in de Hongaarse hoofdstad ternauwernood aan de dood ontsnapt. Bij een paspoortencontrole door de Duitsers reageerde haar oudere zus met tegenwoordigheid van geest. Zij stopte Fraidu het paspoort van haar veel jongere zus, die reeds door de beulen gecontroleerd was, in de hand en duwde haar in dezelfde rij. De list ontging de SS-mannen. Zo behoorde zij tot de gelukkigen die in 1944 in Boedapest nog vrijgekocht konden worden.
In het Joint-kantoor kreeg iedereen een kleine som geld. Een soort startkapitaaltje. Ik kocht hiervoor onmiddellijk lucifers, tabak en scheermesjes. Mijn buit was op de zwarte markt van Satu Mare goud waard. Ik wilde naar Palestina uitwijken. De Joint-hulp organiseerde illegale passages en ik had mijn ticket voor de overtocht al op zak. Mijn schip, de Schucka, zou vanuit Constanta vertrekken.
Maar het liep allemaal anders. Satu Mare hield mij gevangen. Ik leerde Samuel Kalman kennen en zo loste zich de situatie vanzelf op en werden mijn Palestina-plannen ad acta gelegd. Later vernam ik dat de Schucka gezonken is.

De zusjes Geller trokken in Satu Mare met hun drie broers die uit de concentratiekampen teruggekeerd waren, in een groot huis. Zij konden mij echter niet opnemen. Dus ging ik naar Ergi, mijn Hongaarse vriendin met wie ik tot aan het einde van de oorlog op het landgoed van haar grootouders gewoond had.
'Heerlijk om je terug te zien', zei haar moeder met een stralende lach en zij ontving mij met open armen.
Maar hoezeer ik ook van Ergi's ouders hield en hoe hoog ik hen ook achtte, ik miste toch mijn joodse leven, de koosjere maaltijden, de dagelijkse gebeden, de sabbatfeesten en de zo vertrouwde joodse tradities.
Ik voelde mij eenzaam en ontworteld.

Onderweg, op zoek naar werk, klonk op een dag vanuit een openstaand venster een luid 'Yudka!' Een meisje keek nieuwsgierig naar beneden en vroeg met guitige ogen:
'Ken je me niet meer?'
Het was Gisi, de dochter van de notaris uit Boesjtina, wier broer mij destijds toen ik bij de Duitse Wehrmacht werkte, zo vragend had aangekeken. Gisi was door haar verblijf in het concentratiekamp ontzettend getekend. Ik herkende haar nauwelijks. Zij leunde bleek en misvormd in het raam. Mijn hart stond stil. Haar hoofdhaar groeide maar langzaam en je kon duidelijk zien dat zij op het laatste nippertje was ontsnapt aan de gruwelijke dood in Auschwitz.
Samuel Kalman, in Satu Mare opgegroeid maar langs vaders kant uit Chust afkomstig, was haar neef en hij had haar bij zich genomen. Gisi Rosenberg woont nu in Israël, als mevrouw Mendlewitsch.
'Wij koken koosjer', riep ze tegen mij. 'Kom even binnen en schuif mee aan tafel.'
Het aanbod was aanlokkelijk. Maar ik was schuw en bang. De lange jaren van innerlijk isolement hadden mij uit mijn baan geworpen.
'Ik woon bij een christelijke vriendin', vertelde ik haar. 'Ik kan mij geen eigen kamer veroorloven.'
Gisi voelde mijn onzekerheid.
'Kom dan tenminste met de sabbat', riep ze mij na en het klonk als muziek in mijn oren.
Ik heb de uitnodiging aanvaard.

De eerste sobere sabbatavond in Satu Mare zal ik mij altijd herinneren.
Lang vooraleer 'de eerste ster ten hemel stijgt' stond ik voor de deur van mijn gastheren. Samuel Kalman stelde mij onmiddellijk aan alle andere gasten voor, aan zijn vrienden Joly Apfelbaum en Srul Stein en aan de andere jonge joden die daar allemaal woonden. Ik was bevangen. Mijn hart was zwaar van weemoed.

'*Gut Sjabbes!*' Wat hield ik van die twee eenvoudige Jiddische woorden en hoelang had ik dit traditionele wekelijkse familiefeest moeten missen? Ik dacht aan mijn moeder. Zij stak, in gedachten verzonken, de twee kaarsen aan en hield dan haar zegenende handen, zonder woorden en met gesloten ogen, boven de onrustig flakkerende kaarsen. Op de feestelijk gedekte tafel stond de wijn en lagen de beide, luchtig gebakken, *challoth*, de trots van elke joodse huisvrouw. Klaar om de *kiddoesj* uit te spreken.

De heerlijke verleidelijke geur van de zelfgemaakte kippebouillon, 'helder als barnsteen', met de grote witte bonen, de *aardappelkichel* en de *gefilte Fisch* met de pikante of zoete *sjmiel*, de *galoesjka*, *eir kichel* en *Linzertorte*.

Welk joods kind kent niet dit allesbeheersende gevoel op dat moment dat het 'goed is, een jood te zijn'?

Wij jonge mensen in Satu Mare brachten al onze hoop mee, onze bittere geheimen en de piëteitvolle herinnering aan onze moeders.

We waren met zestien. Jongens en meisjes, eigenlijk nog kinderen. We kenden elkaar nauwelijks of helemaal niet.

Iedereen pinkte een traan weg. Iedereen dacht aan al degenen die nooit meer zouden terugkeren.

Het eten bleef mij in de keel steken.

'Trek bij ons in,' probeerden ze mij over te halen, 'er is ruimte genoeg hier in huis.'

Ik wist het, hier hoorde ik thuis. Hier waren we onder elkaar. Dit was mijn wereld.

Na het derde sabbatmaal voltrokken wij, zoals de regels het voorschrijven, tevreden de hawdala, de vrome afscheidsceremonie. De traditionele torenvormige houten doos voor de geparfumeerde specerijen ontbrak weliswaar maar wij geloofden desondanks aan het goede omen voor de komende week. Traditiegetrouw.

Een nieuw joods leven begon.

Ik hoefde het alleen maar te grijpen. Ik tastte onbeholpen in een soort niets. Maar de tijd stond niet stil en voor geduld bleek er geen plaats te zijn.

Na de uren van bezinning trok de hele groep jonge mensen vrolijk naar de stad toe. Ik sloot mij aarzelend aan. Mijn hoofd stond niet naar zang, dans en spel. De melancholie van de sabbatavond liet mij niet los. Onderweg ontmoetten wij nog andere jonge joden en het duurde niet lang of we waren met ons veertigen. In het stedelijk theater werd het stuk *Maseltov* opgevoerd door een joodse toneelgroep uit Boekarest. Het stuk was sentimenteel, slecht gespeeld en langdradig. Ik was boos op mezelf. Waarom had ik mij laten overhalen om mee te gaan? Jonge mannen interesseerden mij niet, maakten mij verlegen, ook al plaagde Gisi mij constant met haar neef Samuel Kalman die volgens haar alle lof verdiende en wilde zij mij wijsmaken dat Ferri Grün gek op mij was.
Ik had andere zorgen en ik vertrouwde niemand. Ik trok droevig door de donkere straten naar huis, dacht aan mama en Golde, aan Iljana en oom Schlomo, aan Nove Barovo en aan alles wat nooit meer terug zou komen.
Ik voelde dat iemand mij observeerde. Samuel Kalman kwam mij tegemoet. Hij keek mij met zijn heldere ogen aan, legde zijn hand op mijn schouder en zei zonder inleiding:
'Ik wil met je trouwen.'
Ik was in de war, verbouwereerd, zocht naar woorden.
Het aanzoek kwam als uit een donkere hemel gevallen. Te vroeg. Maar mijn aanbidder hield vol.
'Morgen is het te laat', zei hij met vaste stem. 'Dan zal ik de moed om mijn aanzoek te herhalen verloren hebben.' Hij 'eiste' een antwoord en was zeker van zijn zaak.
Ik wilde vanzelfsprekend nog niet huwen, ook al kwam zijn familie uit Chust, uit mijn geboortestreek, ook al was hij ijverig, eerlijk en goedhartig, ook al was hij ervan overtuigd dat hij mij gelukkig kon maken.
'Laat mij erover nadenken.'
Ik wilde tijd winnen.

'Ik kan niets forceren', zei ik bang.
Hoe zagen mijn dromen, mijn geheime wensen eruit? Wilde ik niet emigreren naar Palestina, naar België waar een tante woonde? Weg uit deze vervloekte streek. Huwen leek mij een nachtmerrie. Wat had mijn moeder aan haar huwelijk gehad? Een man die zich nooit voor haar en de kinderen verantwoordelijk had gevoeld? Lege beloften. Bovendien had mijn moeder mij nooit voorgelicht en in de mannenwereld binnengeleid. Wanneer had ze dat moeten doen?
Ik was preuts, stijf en onervaren. Mijn twijfels kon ik met niemand bespreken.
Ik vroeg mij af hoe het geweest zou zijn indien mijn moeder en de grote joodse familie mij de hand boven het hoofd hadden kunnen houden. Indien zij mij met raad en daad bij belangrijke beslissingen hadden kunnen bijstaan? Zoals de traditie het voorschrijft. Ik miste de troost en de geborgenheid en ik miste de regels van de joodse familie. Ik had geen moeder, geen vader, geen zus of broer en mijn verwanten in België waren ver ver weg.

Samuel was een charmante knappe jonge man, zonder geld maar evenwichtig en zeer ambitieus. De nazi's hadden hem zijn jeugd afgenomen. Hij had geen tijd meer voor een opleiding, miste net als ik al heel vroeg de geborgenheid van het gezinsleven. Hij moest met niets beginnen, zonder raad of steun van de voorgaande generatie, zonder financiële of praktische hulp. Na de bevrijding vond hij in zijn ouderlijk huis in Satu Mare tweehonderd dollar. Met dit kleine kapitaal begon hij in het Roemeense stadje een kleine bierhandel. Hij kocht vaten bier, bottelde het en verkocht het verder en detail. Hij was een geboren koopman, smeedde de meest fantastische plannen en werkte dag en nacht. Vroeg of laat wilde hij, als hij genoeg gespaard had, net zoals zijn vader vroeger, een wijnhandel beginnen.
Dat beviel mij allemaal erg.
'Laat mij nadenken', vroeg ik opnieuw.

Ik liep elke dag naar het station in het vernielde stadje in de hoop nieuws van mijn moeder of mijn zus te vernemen. Aan de muren van de kale stationshal hingen lijsten en nog eens lijsten met de namen van mensen die familieleden, kinderen, vader of moeder, oom of tante, vermisten, krijgsgevangenen, vluchtelingen en concentratiekampoverlevenden zochten. Moegestreden, afgematte mensen stonden dag in dag uit vertwijfeld voor de lijsten en hoopten op een wonder. Een levensteken van een geliefde, van een kind, van een echtgenoot of van een ouder.
De idee-fixe, mijn moeder en mijn zusje vroeg of laat terug te zien liet mij jarenlang niet los. Jarenlang heb ik navorsingen gedaan, contact gehouden met het Rode Kruis en talrijke andere instanties. Tevergeefs. Ik kon en wilde er mij niet mee verzoenen dat Mama en Golde inderdaad dood waren. Dood. Ik heb nooit afscheid van hen kunnen nemen. Ik weet niet eens de dag waarop zij gestorven zijn. Vermoord zijn. Zelfs dat niet.

Op Samuels aanzoek kon ik niet ingaan. Ik was te veel in de war. Ik zocht weer werk. Er werd mij een betrekking in het huishouden van een oudere heer aangeboden. Maar toen ik mij aanbood merkte ik vlug dat het hem niet om een vlijtige dienstmeid ging maar om iets heel anders. Ik was ontzet. Ik voelde mij ellendig. De man had mijn grootvader kunnen zijn. Hoe levendig, optimistisch en vol ondernemingslust was daarmee vergeleken de tweeëntwintigjarige Samuel, die niets liever wilde dan mij een thuis, geborgenheid en goedheid geven?
Gedeprimeerd zocht ik dag in dag uit verder naar de namen van mijn moeder en zusje in de lijsten van het Rode Kruis. Misschien vond ik nieuws van mijn oom uit Antwerpen of mijn tante uit Brussel? Ik kende hen helemaal niet en had ze nog nooit gezien maar zij stuurden voor de oorlog vlijtig pakjes naar mijn moeder en voerden met haar een intensieve correspondentie.

Maar het bleek allemaal tevergeefs te zijn. Niemand zocht naar mij en de namen van mijn moeder en zusje stonden niet op de lijsten.
Samuel bleef volhouden. Hij wilde een antwoord.
Ik had niets, was niets en kon niets.
Dat was mijn algemene overheersende stemming.
Zou mijn moeder het eens zijn met mijn keuze? Met de familie Kalman? Zou zij mij haar zegen geven? Ik dacht aan de woorden van Iljana.
's Nachts verscheen mijn moeder, vrolijk en opgewekt, in een verwarde droom. 'Geef jezelf een duwtje, kind, geef Samuel je hand', sprak zij met haar heldere meisjesachtige stem. Zij was mooi en jong zoals in haar beste jaren. Was het alleen maar een droom? Of een vingerwijzing van de hemel?

'Ja, ik wil', zei ik tegen Samuel.
En wij waren net twee grote kinderen, deelden lief en leed en smeedden toekomstplannen.
Liefde? Een man-vrouwrelatie? Ik wist niet eens wat het was. Ik was er echter van overtuigd dat Samuel en ik goed voor elkaar zouden zijn en dat betekende destijds voor mij reeds het fundament van een gezin.

Wij wilden nog niet onmiddellijk huwen. Samuels vader of tenminste een lid van de familie moest eerst uit het concentratiekamp terugkomen.
Wij leefden in die tijd allemaal van hoop.
Samuels ouders, zijn drie zusters en broer waren vrij laat in 1944 naar Auschwitz gedeporteerd en mijn jonge verloofde was ervan overtuigd dat zijn vader zou terugkomen.
'Wij hebben zijn zegen nodig', zei hij vastbesloten. 'Hij komt terug en dan zullen we trouwen.'
Niemand geloofde aan de terugkeer. Alleen Samuel. Ook hij reed dagelijks naar het station van Satu Mare voor nieuws.
Zijn vader kwam terug. Samen met zijn jongste zoon.
Op een dag stond hij, getekend door de verschrikkelijke ont-

beringen, op het perron. Hij woog nog maar 38 kg. Samuel herkende de oude heer aanvankelijk niet. Niemand herkende hem. Maar Itsche Kalman herkende zijn oudste zoon onmiddellijk. Hij keek hem woordeloos aan en streelde hem voorzichtig over het dichte donkere haar.
De ellende van de hele wereld gloeide in zijn heldere ogen.
De tragiek van zijn en onze geschiedenis.

Ik zal deze eerste ontmoeting op het perron nooit vergeten.

Samuels moeder werd in Auschwitz vermoord. De drie dochters, achttien, negentien en twintig jaar oud, overleefden het concentratiekamp van Bergen-Belsen maar waren volledig ondervoed. Zij stierven aan de verkeerde, te machtige Amerikaanse voeding. Samuel was tijdens de oorlog bij de Arbeidsdienst en de jonge gezonde man werd van werkkamp naar werkkamp gesleurd. Maar hij overleefde het. Hij heeft zijn eigen, bittere verhaal.

Na mijn verloving nam ik afscheid van Ergi en haar familie en trok in bij een vriend van Samuel wiens huishouden door de gezusters Stelman werd verzorgd.
Twee familieleden van Samuel hadden de holocaust overleefd en wij waren allemaal dolgelukkig.
Ik had voor de eerste keer een vader, ook al was hij niet mijn echte vader.
Ik hield heel erg veel van hem.
Voor mij begon een nieuw leven.

Toen kwam er nieuws van mijn familie uit België. Zij zochten mijn moeder, mijn zusje en mij via het Rode Kruis. Ik was volledig in de war en vol twijfel. Ik ontdekte mijn naam tussen de honderden namen op de ellenlange lijst en ik werd duizelig van vreugde. Ik dacht onmiddellijk: nu ben ik niet meer helemaal alleen op deze wereld. Iemand had belangstelling voor mij, wilde meer over mij weten, wilde voor mij iets

doen, zocht naar mij. Ik was ontzettend opgelucht. Ik danste, zong en sprong van geluk en vertelde het aan iedereen die het horen wilde. Ik voelde mij als uit een isolement bevrijd. Ik hoorde erbij. Ik was niet meer alleen. Ik had een naam, een oorsprong en was lid van een familie. Schakel van een lange ketting.
Huwen? Ik dacht niet meer aan huwen. Ik wilde stante pede naar België. Weg van hier. Weg uit de benauwde streek waar de miserie begonnen was.
Het nieuws uit België sloeg mij uit mijn moeizaam verworven evenwicht.
Ik ging over mezelf nadenken.

Na de terugkeer van vader Kalman begon ik te piekeren. Ik tobde over mijn relatie met Samuel. Was ik inderdaad de juiste partner voor een Kalman? Heimelijk hoopte ik zelfs dat ik in de ogen van vader Kalman geen genade zou vinden, dat hij mij niet geschikt zou vinden voor zijn oudste zoon. Niet rijk en niet mooi genoeg, niet volgzaam en huiselijk genoeg.
Na het nieuws van het Rode Kruis kwelden mij nieuwe twijfels. Maar dat was buiten de waard gerekend. De onstuimige en hardnekkige Samuel liet zich niet uit het veld slaan.
'Wij hebben elkaar reeds trouw gezworen', zei hij en hij duldde geen tegenspraak. 'Ik zal jou onder de *choepa* brengen.'
Er was geen ontkomen meer aan.
En het was goed zo.

Wij gaven elkaar op 27 juni 1945 in Satu Mare het ja-woord. Mijn schoonvader herstelde van de vernederingen en de lichamelijke beproevingen in Auschwitz en begon weer, net als voor de oorlog, in wijn te handelen. Itsche Kalman kwam weliswaar uit een kroostrijk gezin uit Chust maar was al voor de Eerste Wereldoorlog gehuwd met een mooie Roemeense jodin uit Satu Mare. Samuel was in Satu Mare geboren. Mijn schoonvader was graag gezien en werd als zakenman door talrijke niet-joodse wijnboeren uit de streek gewaardeerd; hij

verdiende goed zijn brood. Hij leidde een ontspannen leven. Mijn man stopte met zijn bierhandel en stapte in de zaak van zijn vader. Op zijn vierentwintigste was Samuel reeds zaakvoerder van de regionale wijncoöperaties. Ik voelde mij gelukkig. Wij kwamen goed overeen en sponnen vlijtig aan een gemeenschappelijke toekomst.
Op 15 juni 1946 werd Srul geboren. Een zoon. Samuel hield met alle tederheid van de wereld dat kleine bundeltje mens in zijn armen. De stamhouder werd als waardige jood op de achtste dag van zijn leven in de Bond van Abraham opgenomen. Ik was moeder en kon het nauwelijks geloven. Wij jonge joodse vrouwen hadden na alle ontberingen niet meer in een normaal biologisch leven geloofd, in lichamelijke kracht, in vruchtbaarheid.
De eerste zwangerschap was voor mij een soort wedergeboorte. De duizendjarige ketting was niet gebroken, het joodse leven niet uitgeblust.
'Hoe moet ik het aan vader vertellen?' vroeg ik Samuel. 'Hij heeft drie kinderen in Auschwitz verloren. Zal hij onze vreugde aankunnen?'
Maar Itsche Kalman ontnam mij mijn angst, mijn vooringenomenheid en sloot mij vast in zijn armen. Wij weenden samen tranen van vreugde om het groeiende leven in mijn gezonde lichaam maar ook tranen van oneindige droefenis en rouw om al diegenen die vermoord waren en van wie we nooit afscheid hadden kunnen nemen.
Onze omarming leek eindeloos.
Bij de geboorte van de kleine Srul was Samuels vader waarschijnlijk nog gelukkiger dan wij.

Onze eerste huwelijksjaren verstreken onder een goed gesternte. Wij genoten een zekere welstand, hadden een gezellige vriendenkring en konden op hulp rekenen.
In 1948, anderhalf jaar na Srul, werd ons dochtertje Surka geboren. Wij gaven haar als tweede naam Ester, de naam van mijn moeder en van Samuels moeder.

Maar ons geluk was niet van lange duur.
Het politieke leven in Satu Mare evolueerde. De Russen waren in aantocht. Zij zouden Roemenië bezetten. Een gerucht?
In het na de Eerste Wereldoorlog Roemeens geworden Zevenburgen met het stadje Satu Mare in het uiterste noordwesten, woonden vele Hongaren. Noord-Zevenburgen werd in 1940 bij de tweede Weense Arbitrage weer toevertrouwd aan de Hongaarse regering en Satu Mare werd 'gemagyariseerd'. Na de Tweede Wereldoorlog wilden de Roemenen, koste wat het wil, Zevenburgen terug. Met hulp van de Sovjetunie bereikten zij uiteindelijk hun doel. Het duurde niet lang voordat de Roemeense stalinisten in Zevenburgen en natuurlijk ook in Satu Mare hun macht versterkten.* Het wemelde van officieren van de Russische geheime dienst. De door hen gemanipuleerde Roemeense Securitate had als doel de andersdenkenden te liquideren en vooral de burgerlijke politieke klasse uit te roeien.
Zoals overal in Oost-Europa werd ook hier in 1948 een fusie van de sociaal-democraten met de communisten afgedwongen. Wie protesteerde vloog de gevangenis in. De burgerlijke klasse werd in de jaren '50 vrijwel volledig door het stalinisme vernietigd.
Weer dachten wij aan vluchten. Aan inpakken en weglopen.
'Ik ga niet weg. Beslist niet.' Mijn schoonvader hield het been stijf. Hij wilde niet meer weg. 'Ik ben niet bang voor de Russen', beweerde hij halsstarrig. 'Zij zullen mij niets doen.'
Itsche Kalman berustte. Zijn wortels waren in Satu Mare.
'Ik laat vader niet alleen achter.'
Dat waren voorlopig de laatste woorden van mijn man.

Maar ik wilde weg. Wat het ook mocht kosten. En ik had het over niets anders meer. Het groeide uit tot een idee-fixe. Wij maakten voortdurend ruzie.
'Wat zal er met de kinderen gebeuren?' vroeg ik me af. 'Ik wil ze niet in een dictatuur zien opgroeien.'
Maar ik vocht tegen windmolens.

'Laten we toch niet dezelfde fouten maken. Onder het Hitlerregime geloofde ook geen enkele jood dat het zo'n vaart zou lopen.'
Ik keef, jammerde en weende.

Tot ik mijn zin kreeg.

Een gebeurtenis kwam mij te hulp. Een voorval met de politie.
Een neef uit Chust met dezelfde naam als mijn man werd wegens valutahandel door de Roemeense politie gezocht. De ambtenaren wilden per vergissing mijn man mee naar het bureau nemen. Gelukkig ontdekten zij het misverstand maar zij gaven, goed bedoeld, mijn man de raad een tijd onder te duiken. De naam Kalman kon een probleem gaan vormen.
'Wie weet wat Boekarest wil?' waarschuwden de goedmoedige agenten. 'Dat zou erg onaangenaam voor u kunnen worden.'
Ondertussen was Zevenburgen weer Roemeens geworden en de communisten kregen steeds meer invloed op het openbare leven.
Ook wij moesten eraan geloven. Zij controleerden de wijnhandel.
Mijn man moest onmiddellijk alle sleutels afgeven en de wijnkelder werd verzegeld.
Van de ene dag op de andere werd het hele bedrijf aangeslagen.
Van de ene dag op de andere werd een bloeiende privé-zaak een volkseigen staatsbedrijf.
Wij stonden weer met lege handen. Gevangen achter het IJzeren Gordijn.
'Het is hopeloos', gaf nu ook Samuel toe. 'We kunnen beter met de kinderen het land verlaten.'
Maar hoe? Iedereen werd door iedereen in de gaten gehouden.
Satu Mare was vol spionnen.

Alleen voor mij bleef er een sprankel hoop.
Roemeense kranten schreven dat Tsjechoslovaakse burgers zonder problemen konden evacueren. En aangezien ik in 1926 in Nove Barovo geboren was, toen een Tsjechisch protectoraat, beschikte ik over een Tsjechisch geboortebewijs. Intussen was ik echter met een Roemeen getrouwd en daarom konden ze mij geen Tsjechische pas geven.
Wij moesten ons laten scheiden.
Na heel wat touwtrekken gaf het Tsjechische consulaat in Boekarest mij een gloednieuw paspoort. Mijn kinderen stonden in mijn pas ingeschreven.
De situatie was duidelijk. Ik kon met Srul en Surka officieel over de grens. Ik kon *umsiedeln*, verhuizen. Wij waren Tsjechen. Het was nog maar een kwestie van tijd voordat mij de noodzakelijke reisdocumenten officieel zouden worden overhandigd.

Mijn man moest illegaal over de grens.
'Zoek zo vlug mogelijk een manier', zei ik hem met nadruk. 'Vroeg of laat is het te laat.'
Een bevriende politieofficier vertelde mij dat er vanuit Sighetul speciale treinen voor vluchtelingen, vrijgelaten Hongaarse en Duitse krijgsgevangenen en soldaten naar Boedapest ingezet werden. Alles was te koop. Ook de vrijheid. Voor veel geld.
'Je kunt de treinconducteur omkopen', zei ik. 'Ze nemen je beslist mee.'
Ik pakte in allerijl een bundel kleren en proviand.
Maar God zij dank miste Samuel deze trein.
Hij reed niet naar Boedapest maar werd direct naar Siberië omgeleid.

14

Winter 1949-1950
De vlucht naar Praag en de beschermengel Slansky

Ik heb vele mijlen moeten gaan. Tussen het dorp waar ik geboren ben, en de steden, landen, dorpen waardoor ik de laatste tien jaar gekomen ben, om erin te vertoeven, en die waarin ik alleen vertoefde om ze weer te verlaten, ligt mijn leven, meetbaar meer in ruimte dan in tijd. De afgelegde wegen zijn mijn afgelegde jaren.

Joseph Kaufman

Mijn man was helemaal van de kook. De belevenis in Sighetul en het feit dat hij slechts door toeval aan de stalinisten was ontkomen, hadden hem de schrik op het lijf gejaagd.
'Ik ben het beu!' schreeuwde hij tegen mij. Hij was over zijn toeren en verweet mij bitter dat ik die vlucht gepland had. Ik wist me geen raad meer, wilde me echter niet verzoenen met de situatie in Satu Mare. Ik kon het regime niet aanvaarden.

Bij mijn dagelijkse inkopen op de markt ontmoette ik onze tandarts.
'Vannacht ben ik ervandoor!' vertelde hij mij binnensmonds. 'Ik sluit me aan bij Jakob Weiss. Hij helpt ons over de groene grens.'
Zijn beslissing stond blijkbaar vast, maar toch vroeg hij mij ietwat onzeker:
'Denk je dat het verstandig is?'
Alle mogelijke gedachten schoten door mijn hoofd. De tandarts interesseerde mij, eerlijk gezegd, maar bitter weinig. Ik dacht alleen en uitsluitend aan Samuel. Ik wist maar al te goed dat dit de oplossing was. Het liet me niet meer los. Ik kende Jakob Weiss persoonlijk en wist dat hij te vertrouwen was.
'Hoeveel kost het in totaal?' vroeg ik Grünbaum.
'Achtduizend dollar per man', fluisterde hij mij toe.
Achtduizend dollar? Dat was meer dan een fortuin. Dat konden we onmogelijk opbrengen.
Desondanks liet die unieke kans mij niet meer los. Ik dacht aan onze buurvrouw. 'Mijn oom uit Boekarest wil samen met zijn vrouw van hieruit illegaal naar Hongarije', had zij mij verteld en meteen gevraagd of ik een oplossing wist. De oude welgestelde jood was samen met zijn vrouw naar de uiterste hoek van Roemenië gereisd, naar Satu Mare, om van daaruit over de groene grens te komen. Dat was gemakkelijker. Geld speelde geen rol. En ik smeedde een plan. Zouden ze niet voor mijn man en Antal, de jongere broer van mijn man, kunnen betalen als ik hen een helper bezorgde? Ik maakte er als terloops een opmerking over.

Mijn man was helemaal niet opgezet met het idee.
'Het is een te gevaarlijk avontuur', knorde hij. In feite was hij vooral bezorgd om zijn vader en om mij en de kinderen die in dat geval alleen zouden achterblijven. 'Het geld', meende hij, 'hebben we toch niet. Dus breek je het hoofd er maar niet over.'
Maar ik liet mij door zijn pessimisme niet beïnvloeden. Bij de tandarts Grünbaum ontmoette ik Weiss.
'Wanneer vertrekken jullie?' wilde ik weten. 'En hoe hoog is de definitieve prijs?'
Jakob liet zich niet vermurwen. De actie was ook voor hem levensgevaarlijk. 'Achtduizend en geen dollar minder.' Hij hield voet bij stuk. 'Wij vertrekken om twee uur vannacht.'
Ik had geen tijd meer te verliezen.
Het oudere echtpaar uit Boekarest ging met alles akkoord. 32.000 dollar vluchtgeld, 16.000 dollar per koppel. Zij schrokken niet eens van de hoogte van de som. Zij waren op alles voorbereid en hadden hun hele fortuin in de vorm van diamanten in hun tanden verstopt.
De moeilijkste hindernis moest ik nog nemen: mijn man op de hoogte brengen van deze uitzonderlijke kans en mijn schoonvader inlichten.
'Alles is geregeld. Het vluchtkapitaal voor jou en je broer heb ik reeds georganiseerd.'
Zo heb ik Samuel voor een voldongen feit gesteld.

Wij gingen samen met de twee kinderen naar mijn schoonvader toe. Samuel was nerveus en kreeg geen woord over de lippen.
Itsche Kalman, de zwaarbeproefde man die vrouw en kinderen in de concentratiekampen verloren had en vanzelfsprekend enorm gehecht was aan zijn twee overgebleven zonen, was eerst buiten zichzelf van woede.
'Hitler heeft mij mijn vrouw en drie dochters afgenomen en nu wil jij mij mijn beide zonen afnemen!' schreeuwde hij me diep-wanhopig in het gezicht.

Ik begreep zijn bitterheid. Maar ik smeekte hem de vader van mijn kinderen en ook zijn jongste zoon te laten gaan om hen een toekomst te bieden.
'We hebben geen andere mogelijkheid', zei ik snikkend en voelde me meer dan ellendig. 'Wie weet hoelang we nog een kans hebben om illegaal over de groene grens te gaan? Hoelang er nog helpers ter beschikking staan?'
Ik vertelde aan mijn schoonvader precies hoe de zaken in elkaar zaten. Alleen de naam van de vluchthelper Jakob Weiss hield ik voor mij. In geval van verraad was het beter dat hij er niet van op de hoogte was.
Ten slotte legde hij zich bij de situatie neer. De brave oude man wist maar al te goed dat er geen andere oplossing bestond. Beheerst nam hij afscheid van zijn twee zonen.
'God zegene jullie', zei hij zacht.
Dat was liefde.

De vluchthelper bekommerde zich om de twee oude mensen uit Boekarest. De afgesproken som had ik eigenlijk vooraf moeten betalen. Maar ik wilde pas betalen als ik er zeker van was dat de vlucht geslaagd was. Mijn wantrouwen was groot. Het gerucht deed immers de ronde, dat vluchtelingen onderweg door hun gidsen beroofd en vermoord werden. Mijn man en ik spraken een code af.
'Wanneer je met Antal behouden over de grens geraakt bent, geef je Jacob Weiss de helft van deze zakdoek', zei ik Samuel. De andere helft had ik. 'Op die manier weten wij hier thuis dat jullie het gehaald hebben en Jakob kan zijn geld komen halen.'
Zo gezegd, zo gedaan. Zoals afgesproken vertrokken zij om twee uur 's nachts. Srul had alles gehoord. Hij was een verstandige, nieuwsgierige kleine jongen, veel te ernstig voor zijn leeftijd en het tegendeel van zijn zusje Surka die de hele dag lachte en heerlijk kon knuffelen. Een echt meisje. Ik legde beide kinderen op de sofa te slapen in de woonkamer van mijn schoonvader.

De nacht scheen eindeloos.
Tussen mijn schoonvader en mij viel geen gebenedijd woord. Wij waren verlamd van angst.

Tegen zes uur 's morgens werd er op het raam geklopt. Reeds in de deuropening zwaaide Jakob met de halve zakdoek.
Ik was niet in staat ook maar een enkele traan te wenen en viel uitgeput naast de kinderen op de sofa.
Mijn schoonvader troostte me. Wij waren allebei dolgelukkig. Onze mannen waren behouden in Hongarije aangekomen. Boedapest was nog wel een eind, maar destijds betekende voor ons de andere kant van de grens al verworven vrijheid.

Wanneer zou ik mijn man terugzien?
De transporten naar Tsjechoslovakije waren onregelmatig. Niemand kon precies zeggen wanneer een volgend transport gepland was. Wij stonden op de wachtlijst en woonden voorlopig in het huis van mijn schoonvader in Satu Mare. Geduldig. Anderhalf jaar lang.
Het leek een nachtmerrie. Het lot van mijn moeder stond mij nog levendig voor ogen en soms geloofde ik niet meer aan een weerzien met Samuel. Maar mijn goede schoonvader sprak mij moed in. Hij was er vast van overtuigd dat alles goed zou aflopen.
Samuels jongere broer Antal, hij was tweeëntwintig toen hij samen met mijn man op de vlucht ging, kwam in Duitsland in het kinderdorp Führenwald terecht. Hij wilde naar Amerika. Maar voor een Roemeense jood was dat niet zo simpel. Antal moest het quotum afwachten. Na dertien maanden wachttijd was hij eindelijk aan de beurt. Hij woont nu in Los Angeles.

Mijn man reisde illegaal van Boedapest naar Praag. Daar wilde hij op mij en de kinderen wachten. Van de Tsjechoslovaakse hoofdstad zouden wij dan samen aansluitend naar het Westen gaan.

Samuel had geen Tsjechische papieren. Maar een jood weet zich te behelpen. In de synagoge ontmoette hij gelijkgezinden en legde zijn probleem op tafel. Ze zorgden voor een Tsjechisch paspoort.
Maar er bleef een bezwaar: Samuel sprak geen woord Tsjechisch. Voorlopig brak hij zich hier niet het hoofd over want tenslotte was het niet zo vreemd. Heel wat vrome joden spraken alleen maar Jiddisch of Hebreeuws. Zij bezochten immers alleen maar de talmoedschool en bestudeerden hun leven lang de thora. Zij hadden geen beroep en offerden hun hele bestaan op aan het beleven van hun godsdienst. Deze 'geleerden' werden financieel opgevangen door de joodse gemeenschap of leefden van het werk van hun vrouw.
In het joodse restaurant van Praag keek Samuel uit naar lotgenoten. Hij zocht werk en een onderkomen. Hij vond een kamer bij een joodse advocaat.

Na anderhalf jaar ongedurig en onrustig wachten in Satu Mare kreeg ik eindelijk de officiële reisdocumenten.
Mijn schoonvader, die ondertussen weer getrouwd was, nam weemoedig afscheid van mij en zijn twee kleinkinderen.
Een afscheid voor altijd.

Satu Mare is alleen nog maar levendig in mijn herinnering.
Een herinnering aan bittere maar ook aan mooie belevenissen.
Beslissende belevenissen. Dit stadje aan de Somes waar ik Poli tussen twee ambtenaren in burger zag verdwijnen, waar ik de grootmoedigheid en verdraagzaamheid van een katholiek gezin mocht leren kennen, waar ik de onmacht en goedhartigheid van een Duits officier kon vaststellen en waar ik mijn joodse leven terugvond.*
Waar mijn eerste kinderen geboren werden.
Hoe zou ik dit stukje land ooit kunnen vergeten?
Ik zie de oude binnenstad nog levendig voor mijn ogen. De bloeiende wijngaarden, de ruïne van het station, de markt, de

kleine stegen vroeger vol chassidisch leven en lachen, Ergi en Mori Neni, Sigi en dr. Schuff.

Wij, Srul, Surka en ik kwamen op de eerste *Chanoekah*-avond, het joodse feest ter herinnering aan de wijding van de tempel en de zege van de Makkabeeërs, in Boedapest aan.
Wij waren uitgeput van de lange reis in de overvolle naoorlogse trein. De kinderen waren vrolijk gestemd maar toch oververmoeid.
Ter gelegenheid van Chanoekah moeten de kaarsen en olielampen acht dagen branden. Mijn nicht uit Boesjtina, die sinds de oorlog in Boedapest woonde en bij wie wij konden logeren, stak reeds voor onze aankomst de achtarmige Chanoekahkandelaar, de menorah, aan zodat wij ons dadelijk thuis voelden. Wij belden onmiddellijk Samuel in Praag op. Terwijl hij de Chanoekah-gebeden door de telefoon sprak, luisterden de kinderen verbaasd naar zijn stem. Wij weenden van vreugde.
'Weldra zijn we weer een gezin', troostte mijn man mij . 'Ik verlang zo naar jullie en ik ben dolblij.'
De volgende dag namen wij de trein naar Praag.

Anderhalf jaar gescheiden. Het was een ontzettend lange tijd.
Ik voelde me een beetje onbehaaglijk.
'Blijf thuis en wacht op ons', had ik mijn man nog even door de telefoon gevraagd. Had ik een donker voorgevoel?

Om middernacht stegen de dappere Srul, de kleine Surka en ik beladen met pak en zak uit de trein op het perron van het station van Praag. Het was winter. De ijzige wind blies de dunne stuifsneeuw om de hoeken van de gebouwen en veegde door de verlaten straten.
Er was geen mens te zien. Waar bleef mijn man?
Ik vreesde het ergste.
Omdat ik geen Tsjechisch geld op zak had vroeg ik aan een taxichauffeur of hij mij met mijn gouden ketting als onderpand naar het centrum wilde brengen om te kunnen telefo-

neren. Ik draaide het nummer. Niet Samuel maar een voor mij volledig vreemde man kwam aan het toestel en sprak mij onmiddellijk met mevrouw Kalman aan. Ik was erg verbaasd. Ik wist namelijk niet dat Samuel in Praag onder zijn echte naam leefde. Ik dacht dat hij onder een valse naam met een vals paspoort leefde. Was hij misschien vanwege de valse papieren gearresteerd?
'Maakt u zich maar geen zorgen', zei de stem aan de andere kant. 'Gaat u maar naar een hotel toe, uw man zal u morgen komen opzoeken.'
Ik wist me geen raad.
'De zaak waarin meneer Kalman verwikkeld is, zal weldra opgelost zijn. Het is een vergissing. Maakt u zich maar geen zorgen', herhaalde de onbekende stem aan de telefoon.
Een zaak? Welke zaak?
'Het gaat om een brief', zei de man ten slotte nog.
Wat voor een brief?
Ik stond midden in de nacht in een mij volledig vreemde stad met twee kleine kinderen aan de hand. Zonder een dak boven mijn hoofd, zonder een cent op zak, zonder doel.
Ik ging met de taxi op zoek naar een hotelkamer. Dat was eenvoudiger gezegd dan gedaan. Ten slotte eindigde onze nachtelijke odyssee in een veel te duur hotel. Maar ik had geen keuze.
'Eigenlijk zijn de laatste kamers voor gasten uit Roemenië', zei de receptioniste. 'Maar de trein uit Boedapest heeft blijkbaar vertraging. Zij zijn nog altijd niet aangekomen. Ik denk dat zij niet meer komen.'

Later stelden wij vast dat de kamers door mijn man officieel besteld en op onze naam gereserveerd waren, en dat wij de 'te verwachten gasten uit Roemenië' waren.

Uitgeput liet ik de koffers vallen, gaf de kinderen de rest van het meegenomen proviand te eten en legde hen te slapen. Zelf kon ik van pure opwinding geen oog dichtdoen. De don-

kere hotelkamer leek mij een bedreiging. Buiten rumoerde de vreemde grote stad. Gespannen en overgeleverd aan een knagende onzekerheid wachtte ik op wat er zou gebeuren.
Ik voelde mij eenzaam. De situatie ging mijn krachten te boven.

Dan rinkelde de telefoon.
'Mag ik even naar boven komen?' vroeg een vriendelijke mannenstem. 'Ik ben een vriend van uw man.'
Het hart klopte mij in de keel. Wat kon ik doen? Ik was wantrouwig maar toch nieuwsgierig en wilde weten wat er gaande was.
'Komt u maar naar boven', zei ik na een korte aarzeling.
Niemand kon vermoeden dat de blonde, grote, slanke Jindra Ceder een jood was.
'Ik ben een zakenvriend van uw man', herhaalde hij en vertelde dat mijn man gearresteerd was. Ceder was er echter van overtuigd dat Samuel een van de komende dagen vrijgelaten zou worden. Verdere details wilde hij niet geven. Hij gaf mij wat geld, schreef het adres van de joodse gemeenschap op, evenals enkele adressen van koosjere restaurants en gaf mij zijn telefoonnummer.
'In de joodse gemeenschap kunt u het best terecht. Daar zal iedereen u graag helpen. Wanneer u mij nodig hebt, kunt u mij opbellen.'
Later vernam ik dat hij na zijn bezoek voor de deur van het hotel door twee KGB-beambten opgevangen werd.
Hij werd ter plaatse gearresteerd.
Hij woont nu in Brussel.

Ik was vervuld van dromen en verteerd door verlangen naar Praag gekomen. Vrijheid en een nieuw leven in het vooruitzicht. Ik hoopte eindelijk weer samen met mijn man en kinderen een gezin te kunnen vormen, een eigen thuis te kunnen opbouwen en te leven zoals iedereen, zoals elk normaal mens.
Illusies?

Wat had Samuel uitgespookt? Waarin was hij verwikkeld geraakt? Waarom hadden ze hem gearresteerd? Ik kreeg er kop noch staart aan en kon het raadsel niet oplossen.
Tot Jindra, Samuels vriend, de hele zaak uit de doeken deed. Terwijl Samuel in een joods restaurant zoals elke dag zijn middagmaal at, vroeg een Tsjechisch ambtenaar naar een man Kaufman geheten. Hij had een brief voor hem bij zich. Kaufman, die vandaag de dag in New York leeft, was die dag nog niet in het restaurant komen opdagen.
'Hulpvaardig zoals altijd', zei Jindra, 'nam Samuel het aangetekend schrijven in ontvangst, ondertekende een kwijtschrift en beloofde de ambtenaar de bewuste brief bij de eerste de beste gelegenheid aan Kaufman te overhandigen.'
Dat werd hem noodlottig.
Onmiddellijk na het in ontvangst nemen van de brief werd Samuel door KGB-officieren, die als gasten vermomd in het joodse restaurant zaten te lunchen, gearresteerd.
Het was een valstrik.
'Wat stond er dan wel in die brief?' wilde ik weten. Jindra wist het niet.

Later heeft men mij verteld dat de KGB destijds reeds vrij lang op het spoor was van deviezensmokkelaars. Mijn man had inderdaad in Praag brieven doorgegeven aan vrienden. Tsjechische joden die allang naar Canada of de Verenigde Staten van Amerika geëmigreerd waren, hadden al hun bezittingen in het geboorteland moeten achterlaten. Zij wilden die clandestien verkopen om met de opbrengst ofwel arme familieleden die nog in Tsjechoslovakije leefden te steunen of om het te laten overschrijven op hun buitenlandse rekeningen. Dat was natuurlijk verboden. De communisten op hun beurt dachten aan joodse samenzweerders – het antisemitisme was na de oorlog erg verspreid* – en geloofden dat anticommunistische ondergrondse organisaties met dit geld ondersteund werden. De bedoeling van de brief was om gecodeerd bepaalde informatie, namelijk de identiteit, het adres en de omvang van het fortuin, aan ingewijden door te geven. Om over de volledige informatie te kunnen beschikken diende men in het bezit te zijn van een 'reeks' brieven. In de eerste brief werd de stad aangegeven, in de tweede de straat, in de derde het nummer van het huis, in de vierde de naam van de bezitters en in de vijfde ten slotte de waarde van het fortuin of van het voorwerp waarover het ging. Het aangetekend schrijven voor Kaufman was dus een deel van een dergelijke puzzel.

Het was kort na de oorlog. De politieke situatie achter het IJzeren Gordijn was uiterst gespannen. Mensen kochten voor enorme sommen geld een vals paspoort en lieten zich voor nog grotere sommen over de grens smokkelen. In Praag waren dergelijke sjacherijen aan de orde van de dag. En er werd heel wat bedrogen.

Nu zat mijn man in de gevangenis.

Ik wachtte met twee bange kinderen in een hotelkamer op zijn vrijlating. De dagen gingen voorbij. En er gebeurde niets. De advocaat van mijn man kon mij niet verder helpen. Integendeel, hij wond zich ontzettend op omdat Samuel weigerde te getuigen en volgens hem op die manier het hele proces lamlegde.

Mijn man zweeg. Halsstarrig.

Een vroegere medegevangene die ondertussen vrijgelaten was, bracht mij op een dag een gesmokkelde boodschap.

'Ik draag weer de naam Kalman en hier in de gevangenis denkt men dat ik talmoedleraar ben', kribbelde mijn man op het kleine stukje papier. Ik was overgelukkig. Tenminste een levensteken. Nu begreep ik ook het een en ander. Als talmoedist, als joods leraar dus, hoefde hij geen Tsjechisch te kennen. Vandaar dat hij ook niet door Tsjechische ambtenaren verhoord kon worden. Zij verstonden hem evenmin als hij hen. Dat was de reden waarom hij niet 'wilde' praten. Samuel schreef mij ook nog: 'Inspecteur Tichy heeft mij gearresteerd. Probeer met hem in contact te treden.'

Dus trok ik naar het communistische bolwerk. Het duurde een volle dag voordat ze mij binnenlieten. De ambtenaren van

justitie hadden blijkbaar medelijden met mij. Ik had de twee kleine rakkers, die bang aan mijn rok hingen, altijd stevig bij de hand en liet mij niet afschepen.
Inspecteur Tichy, een schrale oudere heer, was zeer vriendelijk en vroeg nieuwsgierig waar ik vandaan kwam. Hij kende Nove Barovo en Karpaten-Oekraïne aangezien hij als jonge Tsjechische douanier aldaar gestationeerd was geweest. Maar hij wilde mij niet helpen.
'Uw man is koppig, voor geen rede vatbaar en niet coöperatief', zei hij geërgerd. 'Ik ben ervan overtuigd dat hij iets met de zaak te maken heeft.' Tichy liet zich niet van het tegendeel overtuigen. Mijn smeken om begrip en rechtvaardigheid hielpen niet.
Voor de Tsjechische naoorlogse communisten was en bleef mijn man een anticommunistische samenzweerder. Maar op een dag schenen mijn onvermoeibare uithoudingsvermogen en de twee kleine kinderen invloed te hebben op de onwrikbare houding van Tichy en hij vertoonde een vleugje menselijkheid. Hij was mijn koppige aanwezigheid blijkbaar beu, keek medelijdend naar Srul en Surka en zei:
'Er is maar één man in heel Tsjechoslovakije die u kan helpen. Dat is Slansky.'
'Rudolf Slansky, de secretaris-generaal van de Tsjechische Communistische Partij?' vroeg ik verbaasd. Ik wist niet wat ik hoorde. 'Ik kan toch onmogelijk tot in het allerheiligste doordringen en met die hooggeplaatste man praten?'
'Natuurlijk is dat zogoed als uitgesloten', zei Tichy. 'Maar ik weet geen andere oplossing.'

In het joodse restaurant probeerde ik met Jindra in contact te komen. Tevergeefs. Niemand wist waar hij zat, niemand hielp mij en ik had het gevoel dat ik iedereen op de zenuwen werkte. Langzaam was ik ervan overtuigd geraakt dat ook Jindra gearresteerd was.
Twee weken waren voorbijgegaan. Twee moeilijke weken. Het leven in het hotel met kleine kinderen was niet erg comforta-

bel, ik kon wassen noch koken en bovendien was het nog peperduur ook. Met veel moeite maar ook met een flinke portie geluk vond ik een kamer aan de Wenzelplatz, nummer 18, het mooiste plein van Praag. Het kamertje werd verhuurd door een weduwe die mijn kinderen onmiddellijk in haar hart sloot en graag op hen wilde passen terwijl ik van administratie naar administratie liep. Maar de kinderen lieten mij niet los. Onze kamerverhuurster bedoelde het goed maar zij sprak geen woord Hongaars en de kinderen hingen krampachtig aan mijn rok. Mijn hart brak. Dus nam ik ze toch maar overal mee naartoe.

Nu was ik geobsedeerd. Ik had het in mijn hoofd gezet met Slansky te spreken. Deze Tsjechische communist, geëngageerde partizaan tijdens de Spaanse Burgeroorlog en de Tweede Wereldoorlog, stamde uit een joodse koopmansfamilie en heette eigenlijk Rudolf Salzmann.*

Van de advocaat vernam ik dat mijn man, die in het Praagse paleis van justitie samen met andere politieke gevangenen werd vastgehouden, in hongerstaking was.

'Ik vermoed dat hij wil bereiken dat hij jullie mag zien', zei hij.

Ik verkende de situatie en stelde vast dat de gevangenen dagelijks omstreeks halfzes 's morgens op de binnenplaats van het gerechtshof rondliepen. Samen met Surka en Srul probeerde ik nu in alle vroegte vanuit het paleis van justitie op de binnenplaats te kijken. En ook al kon Samuel zelfs niet vermoeden dat wij boven aan het venster stonden, hij keek omhoog en herkende ons. Om de twee dagen ging ik er met de kinderen heen. Zij herkenden hun vader niet. Hoe zouden ze ook hebben gekund? De magere man tussen de andere gebogen, sjokkende figuren op de kale binnenplaats van het gerechtsgebouw had niets gemeen met de stralende jonge vader uit Satu Mare. Aangezien hij zich voor orthodox talmoedleraar had uitgegeven, wilde hij zich niet scheren en droeg hij een lange onverzorgde zwarte baard. Bij deze troosteloze aanblik van dit hoopje menselijke ellende op de binnenplaats over-

weldigde mij een diep gevoel van rouw en ik was misselijk.
'Kan ik tenminste niet af en toe met hem praten en hem ook bij gelegenheid iets koosjers te eten brengen?'
Ik liet niet af. Op een dag kreeg ik via de advocaat toestemming. Vanaf toen haalde ik elke dag uit de joodse mensa wat te eten en bracht mijn man deze karige maaltijd samen met de kinderen. De bewakers deden of zij van niets wisten. Misschien hadden zij medelijden met mij en de huilende kinderen. Srul en Surka waren bang, ze klampten zich aan mij vast, huilden voortdurend en wilden niets van hun vader weten.
Ook mijn man huilde.
Ik was versteend.

Hoe kon ik Samuel uit deze situatie halen? Ik trok elke dag die God schiep in de koude Praagse winter van 1950 met de kinderen naar de centrale van de Tsjechische Communistische Partij.
Door wind en weer. Wekenlang.
Ik wilde met Slansky spreken. Tevergeefs.
De functionarissen lachten mij uit. Maar het kon mij niet schelen. En mijn geduld werd beloond.
Op een dag stapte een grote slanke man van middelbare leeftijd uit een auto en verscheen in de voordeur. Ik liep opgewonden naar hem toe. Maar de soldaten hielden mij vast en bedreigden mij met hun geweerkolven.
Het was Slansky.
'Wie is die vrouw met de twee kinderen?' vroeg hij.
'Zij werkt ons al weken op de zenuwen!' antwoordden ze. 'Zij wil absoluut met u spreken, kameraad Slansky.'
De secretaris-generaal van de Communistische Partij keek mij doordringend aan, liet mij fouilleren of ik geen wapens bij mij droeg en nodigde mij uit in zijn kantoor te komen.
In de zalig verwarmde kamer stortte ik ineen. Tranen liepen mij over de wangen en ik kreeg geen woord over mijn lippen. De politicus liet me begaan. Ik geloof dat ik me toen voor de eerste keer in mijn leven geopend heb. Ik vertelde hem alles.

Mijn leven borrelde uit mijn lijf: het lot in Karpaten-Oekraïne, de jaren in Boedapest, het onderduiken in Satu Mare en het vleugje geluk na de oorlog tijdens mijn eerste huwelijksjaren en ten slotte de situatie met mijn man in Praag.
Ik kan mij niet meer herinneren hoelang ik in zijn kantoor was. De kinderen waren muisstil.
'Ik bel Tichy op', zei Slansky en keek me weer doordringend aan. 'Hij kan uw man vrijlaten, maar onder één voorwaarde. U mag Praag niet verlaten. Het onderzoek is nog niet afgesloten.'
Slansky en zijn mensen wilden via Samuel op het spoor komen van anticommunistische ondergrondse bewegingen en zagen in hem nog steeds een sleutelfiguur.
Waarom had deze man, die als koel en berekenend gold en door zovelen gevreesd werd, zo geduldig naar mij geluisterd? Waarom had hij voor mij en de kinderen zoveel tijd genomen?
Later vernam ik meer over zijn leven.
Zijn vrouw en hijzelf hadden tijdens de oorlogsjaren in Moskou een tragedie beleefd. Hun dochtertje sliep onder de hoede van het oudere broertje in de kinderwagen voor het radiogebouw. De jonge mevrouw Slansky werkte mee aan een radio-uitzending voor het door Hitler bezette Tsjechoslovakije. Het kleine meisje werd ontvoerd en ondanks speurwerk van talloze politiemensen nooit teruggevonden. Werd hij door ons aan dit drama herinnerd? Of was het omdat hij ook jood was en hij onder 'ons' stigma leed?
Ik zal het nooit weten.
Ik zie nog altijd zijn ascetisch gezicht, streng maar droevig.

Nadat ik hem met de hand op het hart beloofd had Praag niet te zullen verlaten, begeleidde hij mij met de kinderen naar de deur.
Maar ik hield mijn woord niet.
Een nieuwe odyssee zou beginnen.
Ik ging onmiddellijk naar huis en kookte op het fornuis in het

kleine kamertje voor mijn kinderen een warme maaltijd. Ik dacht alleen nog maar aan het weerzien met mijn man. Twee jaren waren verstreken. Twee jaren sinds we elkaar 's nachts in Satu Mare voor de laatste keer omhelsd hadden in de hoop elkaar vlug terug te zien en een nieuw vrij leven te kunnen beginnen aan de andere kant van het IJzeren Gordijn. Wie had ooit kunnen vermoeden dat het weerzien zo lang op zich zou laten wachten?
Waren wij elkaar ontgroeid? De kinderen waren nog klein en niet met hun vader vertrouwd. Hoe zouden zij op een regelmatig samenzijn reageren? Ik maakte mij te veel zorgen.
Toen Samuel in de opening van de deur stond, moegevochten, mager maar vol vreugde, vloog mijn kleine zoon hem onmiddellijk om zijn nek. Ze knuffelden en zoenden elkaar en Srul vroeg steeds weer:
'Is het waar, mami, is dat mijn papi? En blijft hij nu voor altijd bij ons?'
Surka, de kleine grapjas, zong en lachte en wij waren plotseling weer een harmonisch vrolijk gezin.
Ik was dolgelukkig met mijn twee kinderen. God schonk ze mij om de moeilijke tijden beter te kunnen overbruggen. In al die moeilijke jaren zonder man bezorgden zij mij geen last. Integendeel. Zij waren mijn troost en gaven zin aan mijn leven. Nu was ik in gedachten heel dicht bij mijn moeder. Ik hoop dat zij Golde en mij ook steeds als bron van vreugde en van sterkte ervaren heeft.

Mijn man had voor zijn arrestatie onze vlucht uit Tsjechoslovakije grondig voorbereid. Hij had voor zichzelf een Oostenrijks geboortebewijs en een Oostenrijks paspoort geregeld. Zijn nieuwe naam was Breuer. Samuel wilde onmiddellijk of in elk geval zo vlug mogelijk na zijn vrijlating weg.
'Wij worden beslist in het oog gehouden en gecontroleerd', zei hij. 'We zullen heel snel moeten zijn en niemand mag verdenkingen gaan koesteren.'
Nog in dezelfde nacht na zijn vrijlating nam hij de trein naar

Bratislava. Wij zouden nakomen. Ik was verschrikkelijk nerveus.

'Maak je nou maar geen zorgen', zei mijn man troostend. 'Ik heb alles tot in de puntjes voorbereid. In Bratislava wachten alle noodzakelijke documenten op ons: een huwelijksaanvraag, een trouwvergunning, bewijzen van goed gedrag, adoptievergunningen en noem maar op. Wij zullen in Bratislava voor de Oostenrijkse consul huwen en tegelijkertijd de kinderen adopteren. Er mag echter niets tussenkomen.'

Het was avontuurlijk.

Nadat mijn man in de nachttrein naar Bratislava gestapt was, kwam een verre nicht uit Ustina-Bladen, een kleine stad nog geen twee uur van Praag verwijderd, de kinderen ophalen. Mijn man had alles voorbereid. De nicht zou Srul en Surka twee dagen later naar Bratislava brengen. Ik weet niet meer hoe ik deze situatie psychisch verwerkt heb. Ik liep als een slaapwandelaarster in de kamer heen en weer. Toen ik het gevoel kreeg dat de kust vrij was, vertrok ook ik heimelijk met de trein naar Bratislava.

Wij huwden in het Oostenrijks consulaat en 'Meneer Breuer' adopteerde mijn kinderen.

De ongelooflijke spanningen van de laatste tijd hadden mij afgemat. Ik leed aan vervolgingswaanzin. Ik kon Slansky niet meer uit het hoofd zetten. Ik was ervan overtuigd dat zijn mensen ons op het spoor waren.

Hoelang moesten wij nog wachten om over de groene grens naar Oostenrijk te gaan? De tijd scheen stil te staan. De angst werd ondraaglijk. De politie van Bratislava was regelmatig op zoek naar illegale grensgangers. Het grensstadje was een ontmoetingspunt voor talrijke vluchtelingen. Wenen lag voor de deur. Wij hoopten te ontsnappen aan de controles. Lang niet iedereen werd onder de loep genomen.

Maar wij liepen de politie in de armen.

Mijn man moest mee naar de vreemdelingenpolitie.

En ik raakte overstuur.

Schreeuwend liep ik achter de politiewagen aan. Mijn man sprak geen woord Tsjechisch en had mij nodig om verklaringen te kunnen afleggen. Maar de opwinding was overbodig. De aanvraag die de functionarissen hadden liggen, kwam niet uit Praag. De naam Breuer werd alleen gecontroleerd. Advocaat Stein uit Bratislava, een jood die tijdens de oorlog in Tsjechoslovakije ondergedoken zat, moest mij de vragen stellen. Maar er kwam geen woord over mijn lippen. Ik had een shock. Mijn stem had het begeven.
Samuel schudde me dooreen en schreeuwde: 'Spreek toch!'
Ik moest immers alles vertalen. Tevergeefs.
Een erbij geroepen dokter stelde een zenuwinzinking vast en was van mening dat ze mij voorlopig met rust moesten laten. Wij mochten terug naar het hotel. Tot het enigszins beter met me ging. Dan moesten wij ons weer bij de politie melden.
Ik kwam een beetje tot rust. Een beetje.
De gebroeders David en Moses Weiss, twee vrienden van mijn man uit Bratislava, die nu in Petach Tikva in Israël wonen, vernamen het nieuws van mijn inzinking en kwamen te hulp.
'Jullie mogen geen minuut meer verliezen, Samuel moet zo snel mogelijk over de grens naar Wenen', drongen ze aan. 'Yudka kan met de twee kinderen nakomen.'
Maar ik wilde niet.
'We zijn nauwelijks na twee lange jaren vol angst en onzekerheid weer samen en nu moeten we weer uiteen', jammerde ik en ik klemde me aan mijn man vast.
'Moet ik weer met mijn twee kinderen in een vreemd land achterblijven?'

Nog diezelfde nacht namen we afscheid.

Maar Godzijdank ditmaal niet voor lang. De gebroeders Weiss spraken met de organisatie Bricha, een joodse ondergrondse organisatie die paspoorten leverde en mensen hielp vluchten. Srul en Surka vluchtten, kort nadat mijn man vertrokken was, samen met familieleden uit Ustina-Bladen over de grens. Ik bleef achter in Bratislava en was aan het eind van mijn Latijn. De vrouwen van de gebroeders Weiss namen mij op, verwenden mij en troostten mij. Een paar dagen laten sloop ook ik in alle vroegte met vluchthelpers van de organisatie Bricha over de grens.

De hemel was onze toevlucht.

Het was donker en ijzig koud.

In Oostenrijk wachtte Samuel ongeduldig op ons weerzien.

15

Antwerpen 1951-1993

Er is geen 'nieuw vaderland'. Het vaderland is het land van je kindertijd en je jeugd. Wie dat kwijtgeraakt is, blijft een verloren mens, ook al heeft hij geleerd niet meer als dronken in den vreemde rond te spartelen, maar met enige onversaagdheid de voet op de grond te zetten.

Jean Améry

Eindelijk was ik in de vrije wereld.
De vele jaren van ontbering, de voortdurende onverdraaglijke spanningen, de wanhoop en het vechten tegen al deze negatieve gevoelens wreekten zich.
Ik viel in een donkere diepte, een gewichtloze wereld, ver weg van de werkelijkheid, zonder herinneringen, zonder gedachten. Apathisch tastte ik door een leegte. Zes weken lang. Bij de fysieke en psychische uitputting kwam de derde zwangerschap.
Ik verloor het kind.
Ik kon niet genieten van de vrijheid. Ik was gebroken. Bovendien wilde ik in geen geval in Oostenrijk blijven.
'Ik wil naar België', zei ik koppig.
Maar Samuel was ertegen. Hij wilde naar Australië of naar Israël. Heel ver weg. 'Daarheen waar zoiets nooit meer kan gebeuren', zei hij en hij duldde geen tegenspraak.
Wij leefden in een soort vacuüm en woonden uiteindelijk nog elf maanden lang in Wenen, zonder hoop, besluiteloos, niet-gemotiveerd. Samuel had geen vast inkomen. Hij kocht, verkocht en ruilde scheermesjes, koffie, lucifers en weer koffie, scheermesjes en was ontzettend gedeprimeerd. Desondanks slaagden wij er in die korte tijd in een paar duizend dollar opzij te leggen. Dat was toen erg veel geld. Aangezien wij illegaal over de grens waren gesmokkeld, hadden wij geen officiële vluchtelingenstatus en konden we dus ook geen aanspraak maken op financiële ondersteuning.
Samuel wilde geen hulp. Nooit
Later, toen alle joden de Duitse *Wiedergutmachung* konden aanvragen, weigerde Samuel deze hulp aan te nemen. Ik heb heimelijk buiten hem om besloten mijn deel aan te vragen om het aan armere joden door te geven.
Ik kon en wilde me in Wenen niet thuis voelen.
Via het Rode Kruis probeerde ik contact te krijgen met tante Fritzi in Brussel.
'Wij kunnen het best het land officieel verlaten', zei ik tegen mijn man en vroeg op het Belgisch consulaat te Wenen uit-

reisvisa aan voor mijn man, mezelf en de kinderen. Dat was niet eenvoudig. Mijn Belgische familie moest zich borg stellen voor ons verblijf in België. Wij hadden geluk. Tante Fritzi Kaufman stuurde mij de bevestiging. Wij kregen een visum en mochten in juni 1951 naar België vertrekken.
Mijn kleine energieke tante ontving ons met open armen, vertrok met ons klein gezinnetje onmiddellijk naar Blankenberge omdat ze van mening was dat we best zon, zee en strand konden gebruiken.
Het leven kreeg weer kleur.
Na de lange treinreis van Wenen naar Brussel was er van ons spaargeld niet veel meer over. Maar onze brave tante liet zich niet kennen en verwende ons waar ze maar kon. Wij konden voorlopig op adem komen.
Het voorstel van tante Fritzi om in het breiatelier van haar man te beginnen wilde mijn man niet aannemen. Hij had eigen plannen en wilde naar Antwerpen. In de vrome chassidische gemeenschap van de Belgische havenstad voelde hij zich het best.
'Antwerpen is mooi, daar ligt onze toekomst.'
Ik was er ook van overtuigd.
Wij schreven een brief naar de rabbi van de Wizsnitzer Chassidim-gemeenschap in Israël, wiens tradities en wijze raad wij uit onze geboortestreek kenden en vroegen hem om zijn zegen.
Reeds twee weken later ontvingen wij het positieve antwoord. Samuel zocht onmiddellijk een appartement in de buurt van het Antwerps Centraal Station. Daar wonen veel geloofsbroeders en de synagogen, gebedshuizen, joodse scholen en banken, koosjere bakkerijen, slagerijen en kruideniers geven aan deze wijk het flair van het verloren *Sjtetl* waar wij allemaal vandaan kwamen.

Het flatje aan de Lange Kievitstraat nummer 105 was ons eerste echte nest. Voor de overname van het appartement met meubelen moest Samuel aan de heer Guttman, eveneens een

Wizsnitzer die nog altijd in Antwerpen woont, een afkoopsom van 150 dollar betalen. 'Ik hoop dat jullie in deze kleine lelijke woonst nog meer geld verdienen dan ik', lachte de brave man en wenste ons veel geluk.
De eerste moeilijke jaren? In Zevenburgen was Samuel op zijn vierentwintigste al eigen baas geweest. Het viel hem erg moeilijk om in Antwerpen weer helemaal van voren af aan te moeten beginnen. Maar hij hield van zijn kleine gezin. Hij was een harde werker en niet bang voor een uitdaging. Wij hebben elkaar gesteund. Ik deed het huishouden spaarzaam. De hele week aten we met ons vieren van een kip. Ik sneed de vogel in vier, vulde de nek met brood en eieren, verwerkte de billen tot balletjes en kookte van het karkas een heerlijke kippebouillon. Wij woonden drie jaar lang in de Lange Kievitstraat en hadden het goed. Samuel probeerde langzaam in de diamantsector binnen te raken. Hij beschikte echter maar alleen over de witte emigrantenkaart. Dus hij mocht officieel niet werken. Hij benutte de tijd en stond dag in dag uit buiten voor de beurs, ontmoette kennissen en diamantenhandelaars, liet zich stenen tonen en bracht een bezoek bij agenten en brokers. Wij leefden bescheiden maar tevreden.
In de zomer trok ik met de kinderen naar zee en genoot samen met hen van de goede lucht aan de Belgische kust. Samuel kwam voor sabbat en het weekend. Wij waren gelukkige, tevreden ouders.
Ik kreeg in de loop van de jaren negen kinderen. Er leven er nog vier: Srul, Surka, Natasha en Amanda.

In 1958, wij woonden ondertussen bijna zes jaar in Antwerpen, kregen wij de Belgische nationaliteit. Mijn man werd lid van de diamantbeurs.
Nu stond ons niets meer in de weg. Wij spaarden en investeerden altijd weer opnieuw in diamanten. 's Avonds tot laat in de nacht zat ik vol trots naast mijn ambitieuze man die mij, verzonken in de wereld van de betoverende schitterende stenen, vroeg:

‘Wat denk je, is dit roze, blauw of geel?’ Afwezig voegde hij er vaak aan toe: ‘Bevalt het je?’
Zijn kennis maakte hij zich helemaal op zijn eentje eigen.

Wij hebben ons joodse leven in de Vlaamse stad aan de Schelde teruggevonden.
De gelukkige en harmonische jaren in Antwerpen – het zijn er ondertussen meer dan veertig – hebben mij geholpen om de bedreigende levensangst die decennia lang mijn bestendige begeleider was, te verdringen. Zelfs af en toe te vergeten.
Deze stad is mijn heimat. Hoe vaak hebben wij niet te maken gehad met Belgen, diamanthandelaars zoals Samuel, die tijdens de oorlog joden verborgen hebben en Jiddisch spreken zoals wij.

De wereld heeft hier met ons vrede gesloten en wij met haar.

Mijn beide jongste dochters zijn in Antwerpen geboren. Zelfbewuste, intelligente jonge vrouwen, vanzelfsprekend joods georiënteerd. Een nieuwe generatie zonder eigen noemenswaardige littekens.
In tegenstelling met mij.
In de belangrijkste jaren van mijn leven heb ik niets geleerd. Sinds mijn veertiende ben ik niet meer naar school geweest. Dat is mij mijn leven lang erg zwaar gevallen. Geen ontwikkeling hebben, niet ‘klaar’ en veel te vroeg aan onoverzienbare plichten gebonden zijn, vond ik erg moeilijk.
Bij de geboorte van mijn jongste kindje, mijn man was op zakenreis, nam ik mij voor, indien ik ooit over een fortuin zou kunnen beschikken, een rusthuis voor jonge moeders te bouwen zodat zij na de bevalling tijd zouden kunnen vinden voor zichzelf en de baby zonder de rompslomp van het dagelijkse gezinsleven. Tijd voor zichzelf vooraleer het dagelijkse verzaken begint. Het verzaken aan zichzelf, taak en lot van elke moeder.
Voor de weinige jonge jodinnen die aan de beulen ontsnap-

ten, was er na de oorlog geen tante of nicht, laat staan een moeder of zuster, die haar na de eerste bevallingsuren en-dagen kon bijstaan. Ook ik had in dezelfde situatie verkeerd. Hoe graag zou ik, tenminste even, tegen een lieve schouder hebben geleund.

Een vriendin uit Haifa vertelde mij dat jonge moeders in Israël reeds twee dagen na de bevalling het ziekenhuis moeten verlaten omdat er niet genoeg plaats is en omdat tijd geld is.

Ik wens van harte dat vandaag de dag jonge joodse moeders liefdevol voor hun kinderen kunnen zorgen in een sfeer van vrolijkheid en vrede en dat zij zo een jonge onbezorgde generatie mogen opvoeden.

Met de opbrengst van de sieradenverkoop heb ik in de Israëlische havenstad Haifa een rusthuis voor jonge moeders gesticht. De verwezenlijking van deze droom wilde ik mij niet laten 'betalen'. Ook niet door mijn man.

Is het een eigen schadeloosstelling tegenover het leven? Een persoonlijk geschenk? Van mezelf, een geredde, een ontsnapte?

Hoe beschreef Primo Levi het in zijn literair testament?

'Wij overlevenden zijn niet alleen een heel kleine maar ook een anomale minderheid. Wij zijn diegenen die of door plichtsverzuim, of door handigheid of geluk het diepste punt van de afgrond niet bereikt hebben. Wie dit diepste punt bereikt, wie het hoofd van Medusa gezien heeft, kan niet meer terugkeren om te berichten of hij is sprakeloos geworden.'

Ik kon en wilde niet langer zwijgen.

12 juli 1993

Historische, geografische en politieke notities

Blz. 13 In het begin van de 20e eeuw leefden al meer dan tien verschillende etnische groepen in Karpaten-Oekraïne. Roethenen, Hoezoelen, Duitsers, Hongaren, joden, Roemenen, zigeuners, Tsjechen, Polen en Serven leefden hier vreedzaam naast elkaar.

Blz. 15 In 1389 telde Nove Barovo volgens de inheemsen reeds meer dan 876 inwoners. Veel groter is het in de loop van de eeuwen niet geworden. En welgesteld is nooit iemand geworden. Noch de joden noch de Roethenen. De overheid was hebzuchtig en altijd van buitenlandse herkomst. Zoals overal hier op de oevers van de Tisza, de Tereswa en de woeste Mokranka. Zoals overal in deze provincie. Tot nu toe.

Blz. 15 Aan de voet van de onvruchtbare onbewoonde bergen en bossen liggen brede dalen. Daar liggen Tetsj, Boesjtina en het marktstadje Chust, ongeveer 28 km van Nove Barovo verwijderd. Hier hebben de Roethenen indertijd hun prachtige wollen mantels te koop aangeboden, en zaten de vrouwen in geborduurde bloezen en bonte strikken op de levendige marktdagen met kruiden uit het bos aan de rand van de weg, hopend op kopers. Schapen en paarden werden door de joodse veekooplieden uit Galicië en Boekovina over de Karpaten aangevoerd, terwijl de boeren uit Marmaros in Chust en Sighetul verlangend op bevoorrading wachtten. Kooplui brachten uit Polen onbehandelde en gelooide huiden mee en uit de Hongaarse poesta kwamen rogge, mais, wijn en tabak. In de dalen was het leven beter dan daarboven, waar de beken uit de bergen naar beneden storten, ook al is de gemiddelde jaarlijkse temperatuur in de vlakten maar 8 graden en kan de sneeuw de bewoners van oktober tot april verrassen.
Vroeger gaven de Hongaarse landheren zich hier over aan de jacht. Wild was er in overvloed. Later kwamen de hogere Tsjechische ambtenaren, Hongaarse en Duitse generaals. Ook de communistische functionarissen uit Moskou lieten zich dat genoegen niet afnemen en reserveerden de jachthutten, en de Roetheense boerinnen moesten voor hen wild en beekforellen bereiden. Vandaag zwerven in de hooggelegen bossen nu weer de nieuwe rijken, op zoek naar een zeldzame steenarend of zelfs een beer. Alles zoals altijd.
De historici zijn het niet eens of het hoogland al vanaf de 14e eeuw

of pas vanaf de 16e of 17e eeuw bewoond was.
Eén ding staat echter vast: eeuwenlang was het land een twistappel tussen Hongarije en Polen. Tot in de 20e eeuw hoorde Karpaten-Oekraïne bij Hongarije. Deze eeuwenlange verbinding met de Magyaren tekende het karakter van het land en de wereldbeschouwing van de bewoners. Omdat er geen bodemschatten waren zoals in het westen van Slovakije en in het zuiden van Zevenburgen, vestigden zich hier maar weinig kolonisten. Een Engelse reiziger zou al rond de eeuwwisseling naar huis geschreven hebben: 'De Hongaren waarderen Karpaten-Oekraïne alleen maar vanwege de grote rijkdom aan wild.' Het land was achtergebleven, een stiefkind van de Oostenrijks-Hongaarse monarchie, 'de hongerdood nabij, ten prooi aan alcoholisme, met een hoog percentage aan analfabeten en de mentaliteit van de donkere middeleeuwen' (vlg. Nikolaus G. Kozauer, *Karpaten-Oekraïne tussen de beide wereldoorlogen*). De dagelijkse strijd om het bestaan bepaalde het kommervolle bestaan van de mensen. De weinige, niet erg vruchtbare akkers in de smalle dalen, waar de lente laat valt en de schaduwen van de bergen alleen maar 's middags even verdwijnen, leverden niet voldoende op om mensen en vee te voeden. De bergbewoners leefden van het harde werk in het bos.

Blz. 16 In de jaren '20 zocht uiteindelijk een groot aantal joden zijn heil in de emigratie. Na het einde van de Dubbelmonarchie werd Marmaros verdeeld. Het gebied ten zuiden van de Tisza viel toe aan Groot-Roemenië, het gebied ten noorden van de Tisza kwam aan Tsjechoslovakije. Het agrarische Hongarije had een lange traditie van antisemitisme. Tsjechoslovakije was een democratisch land. Van een brutaal antimetisme kon weliswaar geen sprake zijn, maar een verkapt 'salon-antisemitisme' bestond ook daar. De handelaars werden zeer zwaar belast, hetgeen de joden die overwegend handelaars waren, wel degelijk voelden. Officiële 'belastingontvangers' maakten hen het leven moeilijk. Toen werd ook voor de joden van Marmaros de ballingschap droom en doel. Ze emigreerden naar de VS, naar Palestina en naar Zuid-Amerika.

Blz. 23 De Hongaren hadden eeuwenlang nauwelijks iets voor de ontwikkeling van de inheemse bevolking gedaan. Hun systematische assimilatiebeleid was gericht op het creëren van een uniforme Hongaarse nationaliteit. De Roetheense eigenheid interesseerde hen niet. Voor de Eerste Wereldoorlog was meer dan de helft van de bevolking analfabeet. Roetheens werd niet onderwezen; de mensen moesten Hongaars spreken, lezen en schrijven. Omdat er geen schoolplicht was, had deze bepaling weinig effect.

In 1919 kon bijna 60 procent van de Roetheense bevolking lezen noch schrijven, in 1933 was dat nog maar 40 procent. Dat was te danken aan de Tsjechen die na de machtsovername van 1929 onmiddellijk de schoolplicht ingevoerd hadden. Elk kind moest zes jaar naar de lagere school en twee jaar naar de zondagsschool.

Blz. 28 Het stadje Boesjtina lag 6 km van Nove Barovo verwijderd, in het smalle Tiszadal, het enige vruchtbare dal van Marmaros. Het was de belangrijkste overlaadplaats voor de houtindustrie in de buurt. In Boesjtina leidden de joden een levendig religieus leven. Ze hielden zich aan de Mozaïsche wetten, maar waren in het algemeen nogal liberaal denkend. Ze droegen geen sjtreimels, de grote hoeden met bontrand, en menig rechtschapen jood schoor zich zelfs. Deze mentaliteit was een uitzondering in de verder zeer traditiebewuste Marmaros. Door de gunstige geografische ligging van het stadje bloeide de handel. De Terebla mondt hier uit in de Tisza. De oude spoorlijn Chust-Sighetul schonk het dorp een goederenstation, en de straat die in het noorden naar Galicië liep, bood goede transportmogelijkheden over de grens.
Reeds in 1728 werd in Boejstina de eerste jood geregistreerd. 'Joseph' kwam uit Galicië, vestigde zich met vrouw en kind in de Hongaarse kleine stad, begon een boerenbedrijfje, produceerde honingwater, bouwde en exploiteerde drie korenmolens.
In de 18e en de eerste helft van de 19e eeuw bleef de joodse gemeenschap in de sterk Hongaars getinte stad klein en onbelangrijk. Boesjtina was aanloopplaats en doorgangsstation voor joden die naar Hongarije of nog verder, naar West-Europa, wilden emigreren. Het merendeel van deze emigranten was afkomstig uit Galicië. In 1863 en 1864, nadat de joden onder de mislukte opstand in Polen tegen de Russische overheersing te lijden hadden, omdat de Polen in hun vreselijke situatie een zondebok zochten en de Russen zich op de hele bevolking wilden wreken, verlieten velen hun vaderland Galicië, om zich aan de andere kant van de bergen in Karpaten-Oekraïne een nieuw bestaan op te bouwen.
Abraham Krause was een van de joden die naar Boesjtina kwamen en hier hun fortuin maakten. Zijn familie bezat op het einde van de vorige eeuw honderden en nog eens honderden hectaren bos en een toonaangevend houtbedrijf. Hongarije had ambitieuze spoorlijnplannen. In de zagerijen en schrijnwerkerijen van de familie Krause werden bielzen vervaardigd en dat leverde tientallen arbeidsplaatsen op, ook voor joden. Rabbi Moshe Bruchstein die in 1882 van Galicië over de Karpaten trok, maakte zijn fortuin ook in Boesjtina. Hij produceerde wandelstokken en leverde weldra heel Europa van de belle

époque zijn kostbare stokken uit het edelste hout van de Karpatenbossen. Tijdens de Eerste Wereldoorlog verkocht hij bovendien honderden en duizenden krukken en dat maakte van hem een vermogend man.
Na de Eerste Wereldoorlog verslechterde de economische situatie in Boesjtina en de omgeving ervan drastisch. Zolang het land bij Hongarije gehoord had, waren jaarlijks grote hoeveelheden hout uit de streek naar de Hongaarse laagvlakte vervoerd en op de markten van Szabolcs en Satu Mare verkocht. Deze natuurlijke afzetmarkt verloor Karpaten-Oekraïne in 1919. De meeste bergbewoners hadden geen werk meer en verarmden. Het grootste deel van het akkerland waarvan men had kunnen leven, hoorde toe aan enkele grootgrondbezitters. De Roetheense boeren stonden zichzelf bovendien in de weg. Hun landbouwmethoden waren primitief en de boeren stonden niet open voor nieuwe technieken. Industrie was er maar weinig. De Tsjechen probeerden weliswaar nieuwe industrieën in te voeren, maar door het gebrek aan vakmensen en de algemene achterlijkheid van het land konden zij de concurrentie niet het hoofd bieden.
Werkeloosheid en hongersnood bepaalden het leven. De mensen waren hulpeloos en gedeprimeerd. De joden hadden tijdens de Eerste Wereldoorlog in Oost-Europa te lijden onder de in hun Galicisch vaderland uitgevochten gevechten. En weer waren duizenden mensen op de vlucht over de bergen naar Karpaten-Oekraïne. In 1930 maakten de joden hier meer dan 8 procent van de totale bevolking uit.

Blz. 30 Admiraal Nikolaus Horthy, indertijd Hongaars regent, legde contacten met het hoogste niveau en ontmoette reeds in september 1936 Adolf Hitler. De conferentie van München op 29 september 1938 gaf Duitsland niet alleen de mogelijkheid om de Sudetenduitse gebieden van Tsjechoslovakije weer onder zijn macht te brengen, maar hield zich ook bezig met de Hongaarse en Poolse minderheden in dat land. De Tsjechische regering werd door Groot-Brittannië, Frankrijk, Italië en Duitsland gedwongen de gebieden met overwegend Hongaarse bevolking aan Hongarije terug te geven. Omdat Hongarije en Tsjechoslovakije het niet over de modaliteiten eens konden worden, deden het fascistische Italië en Duitsland een arbitrale uitspraak. Op 2 november 1938 werd in Wenen de definitieve beslissing van de onderhandelingen bekendgemaakt. Karpaten-Oekraïne, sinds 1919 onder Tsjechische heerschappij, zou verdeeld worden. Het moest de vruchtbaarste gebieden afstaan aan Hongarije. Oezjgorod, de hoofdstad en het administratief centrum, Moekatsjevo, het belangrijkste handelscentrum, en Beherovoi, het

agrarische centrum, gingen verloren. De spoorlijnen werden vernield of onderbroken. Er was geen verbinding meer tussen de steden, ook de spoorwegverbindingen tussen Slovakije en Bohemen waren afgesneden. De nieuwe regering van het drastisch ingekrompen Karpaten-Oekraïne stond voor onoplosbare problemen. Economisch dreigde er een catastrofe en daarmee een hongersnood. De kleine marktstad Chust werd de nieuwe hoofdstad, omdat de andere bloeiender steden nu bij Hongarije hoorden. Chust ontwikkelde zich tegelijkertijd tot een smeltkroes van een extreem nationalistische Oekraïense beweging. De leiders van de pro-Oekraïense beweging dachten dat het uur van de vereniging van alle Roethenen gekomen was. Ook zij geloofden in de steun van het machtige Duitsland. Want Duitsland had, in hun ogen, bij de Weense Arbitrage aan Hongarije 'alleen' die delen van Karpaten-Oekraïne toegezegd die hoofdzakelijk door Hongaren bewoond werden. De Roethenen waren in hun nieuwe hoofdstad Chust van mening dat Duitsland met betrekking tot die gebieden volgens het principe van de zelfbeschikking van de volken zou handelen. De Hongaren daarentegen aanvaardden, in de overtuiging dat Karpaten-Oekraïne zich vrijwilig bij hen zou aansluiten nadat hun belangrijkste steden en het merendeel van de vruchtbare landen verloren gegaan waren, de beslissing van het Duits-Italiaanse arbitragehof onmiddellijk.
In maart 1939 overschreden de Duitse troepen de grenzen van Bohemen en Moravië. Tegelijk deelden de Duitsers de Hongaarse regering mee dat tegen de bezetting van het resterende Karpaten-Oekraïne geen bezwaren bestonden. Als tegenprestatie verlangden de Duitsers van de Hongaren een toestemming tot doortocht. Alle tot dan toe afgesloten handelsverdragen tussen Karpaten-Oekraïne en het Reich zouden verder geldig zijn. De rechten van de Duitsers in Karpaten-Oekraïne zouden eveneens beschermd blijven en de regeringsleden van Karpaten-Oekraïne zouden niet vervolgd worden. De Hongaarse regering stemde toe in deze voorwaarden en reeds op 14 maart 1939 staken de eerste Hongaarse troepen de grens over.
Uit Berlijn kwam een telegram met de instructie aan de Duitse gezanten in Chust dat de Roetheense regering van Karpaten-Oekraïne zich niet tegen de Hongaarse troepen mocht verzetten. De Duitse regering betreurde het zeer niet in staat te zijn het protectoraal te beschermen.
Marmaros werd weer Hongaars. Het Hongaars werd onmiddellijk weer op alle scholen van Karpaten-Oekraïne ingevoerd. De jongeren werden gedwongen zich aan te sluiten bij de Levente, een paramilitaire Hongaarse jeugdbeweging. Terwijl de oude pro-Russische

beweging reeds in de winter van 1938-1939 onder het Tsjechische regime vernietigd was, werd nu ook de pro-Oekraïense beweging door het Hongaarse bezettingsleger weggevaagd. De intellectuele jeugd van Karpaten-Oekraïne vluchtte massaal naar Slovakije, naar Roemenië en Galicië. Tussen herfst 1939 en lente 1941 verlieten ongeveer 25 000 tot 30 000 jonge mensen hun vaderland. Arrestaties en vervolging waren aan de orde van de dag. De alliantie met de Hongaarse republiek bracht de bevolking van Karpaten-Oekraïne weinig goeds. De *Deutschstämmige* in de talrijke dorpen van de Karpaten sloten zich bijna allemaal, velen alleen maar daartoe gedwongen, aan bij de nazi's en werden daardoor de vijanden van al hun buren, of het nu Roethenen of joden waren. Veel jonge Roethenen die teleurgesteld waren door de politieke ontwikkeling en droomden over een nationale onafhankelijkheid, sloten zich aan bij de partizanen en vochten aan de kant van de Russen. Het ergste lot trof echter de joden en de zigeuners.

Blz. 36 Alle joden van Marmaros waren erbij betrokken. Op 9 augustus 1941 vielen de Hongaarse gendarmen het stadje Boesjtina en alle gehuchten in de omgeving binnen en arresteerden blindelings elke jood die ze maar te pakken konden krijgen. Er waren geen lijsten met namen noch waren er andere gegevens over wie er gearresteerd moest worden. De mensen werden in vrachtwagens gedreven en via Yassin of een ander gehucht in de Karpaten naar Polen gebracht. De hele actie duurde ongeveer een week. Bijna alle joden werden op die manier afgevoerd en verdreven. Slechts enkelen beschikten over een Hongaarse pas of konden een Kruis van Verdienste uit de Eerste Wereldoorlog overleggen. Zij werden gespaard maar moesten zich regelmatig bij de plaatselijke gendarmerie melden.

Blz. 41 De rug van de 50 km lange Czarnahoraketen, waarop Zemir lag, vormt de waterscheiding tussen de Tisza, de Proet en de Czeremosz en was de politieke grens tussen Galicië en Hongarije. Alleen de Pietrosberg in het westen lag destijds op Hongaars grondgebied. De rest hoorde bij Galicië.
Eeuwenlang woonden hier verschillende etnische groepen, weliswaar in bittere armoe, maar vreedzaam naast en met elkaar. Zowel aan de Galicische zijde als aan de Hongaarse zijde van de Czarnahora woonden de Hoezoelen, het geheimzinnige bergvolk, semi-nomaden die op de rug van kortbenige, ruige paarden hun schapen- en geitenkudden over de bergweiden dreven. In het ongerepte landschap, ver van kerken en scholen, leidden zij hun nomadenleven, trokken als herders, houthakkers en vlotters over de bergkammen.

Bezittingen, vee en weiden zijn in het begin van de eeuw vooral in joodse handen overgegaan. Ook zij trokken met hun vee over de bergweiden. En in de *Geïllustreerde gids van Galicië* uit 1914 staat: 'De aanblik van de herders met hun lange lokken en het ronde keppeltje en lange kaftan maakt een zeer oorspronkelijke indruk.' De omgeving was een toeristische attractie. Zemir, waar men de joden in dat kamp in het open veld samenbracht, was tot de Tweede Wereldoorlog een geliefd zomerverblijf en wintersportplaats.
Op feestdagen of op de jaarmarkten in de dorpen zoals Delatyn werden de Hoezoelen door de toeristen uit Warschau, Lvov, Tsjernovzi of Chust met grote ogen bekeken. En gezien de vele in de dorpen verblijvende joden kon men zich overal in het Duits verstaanbaar maken. Het prachtige gebergte, de steile rivieroevers, de smalle rivierbochten, de donkere bossen en lichtgroene bergweiden en voor deze achtergrond het bonte Hoezoelenvolkje, het moet een unieke ervaring geweest zijn.

Blz. 43 Ten tijde van de eeuwwisseling was Galicië, dat bij Polen hoorde, over een lengte van 600 km door de Karpaten en de erop aansluitende wouden van het Hongaarse deel van het Habsburgse rijk gescheiden.
Destijds was Galicië met zijn meer dan 8 miljoen inwoners een van de dichtstbevolkte landen van Oost-Europa, in tegenstelling met het dunbevolkte Karpaten-Oekraïne. Op een vierkante kilometer woonden in Galicië 102 mensen. Drie vierde van de totale bevolking leefde van de landbouw, zodat de bevolkingsdichtheid tot geweldige problemen moest leiden. In het begin van deze eeuw verlieten uit materiële nood jaarlijks bijna een half miljoen mensen het land. Zij zochten hun geluk overzee. Velen deden seizoenarbeid in Duitsland, Frankrijk en Denemarken. In de Poolse republiek vormden de joden met ca. 3 miljoen ongeveer 10 procent van de totale bevolking. In Galicië vormden ze in talrijke stadjes zelfs de meerderheid. In de industrie, in de ambachten en in de handel waren zij oververtegenwoordigd. Slechts 4 procent van de joden leefde van de landbouw. Daar hoorden diegenen bij die bij de Hoezoelen in de hutten van de Karpaten leefden. Een kleine verdwijnende groep.
Na de Eerste Wereldoorlog versterkte in Polen vooral bij de aanhangers van de nationaal gezinde en de Boerenpartij het al altijd aanwezige antisemitisme. Met de enorme economische crisis aan het eind van de jaren '20 flakkerde de jodenhaat ook in brede bevolkingslagen opnieuw op. De politiek droeg er het hare toe bij. Joden werd een professionele vooruitgang belet, men nam hen niet meer aan als ingenieur of zelfs als arbeider, verwees ze in de aula's van de univer-

siteiten naar de 'gettobanken'. In 1937 volgde tenslotte de 'polonisering van de economie'. De joden verarmden zienderogen. In Duitsland ontnamen de nazi's tegelijkertijd de daar levende Poolse joden hun verblijfsvergunning. Reeds in oktober 1938 werden 17 000 tot 20 000 Poolse joden naar de grens gebracht om naar hun 'vaderland' uitgewezen te worden. In 1939 leefden 3 miljoen joden in Polen, uitgeleverd aan en gevangen in hun eigen land.
Heiko Haumann stelt weliswaar in zijn *Geschiedenis van de Oostjoden* de vraag: 'Hadden de Polen de joden meer kunnen helpen?', maar hij schrijft daarnaast over de antisemitische uitbarstingen in Polen: 'Ze mogen geenszins gebagatelliseerd worden, maar ze waren niet alles. De zogenaamde "jiddischheid" werd door veel Polen aanvaard. Het is moeilijk te zeggen hoe deze factoren zich zonder het nationaalsocialisme verder ontwikkeld zouden hebben.'
Veel aspecten van het Poolse antisemitisme zijn tot vandaag omstreden. Menig historicus is van mening dat de Poolse hulporganisaties voor joden uniek in Europa waren en dat er talrijke individuele hulpacties waren. Anderen zijn van mening dat hulpvaardigheid eerder een uitzondering was. De antisemitische tendensen zouden daarentegen een beslissende rol hebben gespeeld.

Blz. 47 Het stadje Kolomyja, met een kantongerecht en een belastingdirectie, een Pools en een Roetheens gymnasium, telde voor de Eerste Wereldoorlog al 45 000 inwoners. Talrijke pensiongasten trokken in het mooie seizoen naar de villa's aan de rand van de stad en lieten zich de wijn en het fruit uit de dorpen van de omgeving smaken. De joden verkochten op marktdagen hun pruimen, abrikozen en perziken op de 'Worstelplaats' in Kolomyja waar de Hoezoelen in hun schilderachtige klederdracht hun houtsnijwerk te koop aanboden. In dat stadje bloeiden het kunstsnijwerk en weversambacht.
Net als Kolomyja lag het merendeel van de mooiste toeristenplaatsen in Oost-Galicië aan de spoorlijn.
De *Geïllustreerde gids van Galicië* gaf de raad: 'Voor reizigers 3e klas is de zaterdag de beste dag omdat op die dag joden niet reizen, die anders voor die klasse de meeste passagiers vormen. De dorpen zonder spoorwegverbinding kan men meestal met een postauto bereiken. In de grotere provinciesteden zijn er ook koetsen. Omdat de koetsiers in de kleinere dorpen meestal joden zijn, moeten reizigers die vrijdagsavonds of 's zaterdags aankomen, rekenen op het ontbreken van vervoer.' En omdat 'in de kleinere steden de hele handel in handen van de joden is, zijn alle winkels 's zaterdags gesloten en kan men op die dag niets kopen. Bezoekers van Galicië hebben wat de Duitse taal betreft geen problemen, omdat niet alleen de joodse maar

ook de Poolse middenstanders zich ten minste in het Duits verstaanbaar kunnen maken.'

Blz. 57 De toenmalige Russische grens was vanuit Kamenetsj-Podolski niet ver. De oevers van de Dnjestr zijn hier steil en rotsig. De legendarische rivier ligt hier, op het laagste punt van Galicië, breed in een mooi landschap, een wijnbouwgebied dat indertijd, ook vanwege zijn milde klimaat, door veel toeristen bezocht werd.
Overal lagen joodse stadjes zoals Okopy, Zwniec, Chocim en ten slotte Kamenetsj-Podolski, de mooist gelegen stad van Galicië, omgeven door steile rotsen en water.

Blz. 73 Het aandeel van de joden in Boedapest was opmerkelijk, ook bij de vrije beroepen. In het begin van de eeuw maakten de joden meer dan 25 procent van de Hongaarse bevolking uit, en in het centrum van de stad, het hart van de handel en het zakenleven, zelfs 35 procent. De joodse burgerij was nauw verbonden met de hoge adel en dikwijls actief in het geldwezen. Tussen de twee wereldoorlogen leefden ongeveer 200 000 van de 450 000 Hongaarse joden in Boedapest, reden waarom de stad als een der belangrijkste joodse centra in Europa beschouwd werd. Tussen 1938 en 1941 nam het aandeel van de joden sterk toe, omdat in die tijd nog eens 401 000 joodse burgers uit de geannexeerde gebieden als Zuid-Slovakije en Noord-Transsylvanië en uit het noordoosten van Joegoslavië en ten slotte Karpaten-Oekraïne naar Hongarije trokken. In 1941 leefden hier ongeveer 725 000 joden. Anders dan de joodse burgers in de hoofdstad waren die uit de geannexeerde gebieden vrijwel allemaal orthodox en leefden bijna uitsluitend in de randgebieden. Deze orthodoxen en de geassimileerde joden van Boedapest konden het niet met elkaar vinden. Ze waren vreemden voor elkaar.
Ondanks het hoge aanzien van de joden in Boedapest en hun loyaliteit tegenover de Hongaren nam het antisemitisme ook in de hoofdstad toe sinds de jaren '20. Vanaf mei 1938 werden restrictieve wetten ingevoerd, waardoor de toetreding tot vele beroepen de joden zeer bemoelijkt werd. De joodse middenstand had daar zwaar onder te lijden. Heiko Haumann beschrijft de situatie in zijn *Geschiedenis van de Oostjoden* als volgt: 'Toen dan steeds meer joden, ook Oostjoden, naar Boedapest kwamen, werd de indruk versterkt dat er massa's joodse buitenlanders binnengetrokken waren. Daardoor ontstond een idee van "goed geassimileerde" en van "slechte Galicische joden", dat na de Eerste Wereldoorlog de basis werd voor een openlijk antisemitisme en dat door de joodse bovenlaag niet meer gecorrigeerd kon worden omdat ze deze scheiding zelf eens verdedigd had.'

Blz. 79 In het begin van de oorlog werd de situatie van de joden ook in Boedapest penibeler. Vanaf augustus 1941 mochten er geen gemengde huwelijken meer gesloten worden. Vanaf 1942 werden joodse bezittingen onteigend. Onder het bevel van Hongaarse officieren werden joden bij de Arbeidsdienst ingelijfd. In 1941, toen Hongarije bij de oorlog betrokken raakte, werden meer dan 40 000 joodse jonge mannen naar het Oekraïense front gestuurd. Eind 1943 kwamen meer dan 5000 dwangarbeiders terug uit Oekraïne en vertelden meedogenloos wat er in Galicië en elders gebeurde. Duizenden Oosteuropese vluchtelingen kwamen met hun armzalige boeltje naar Boedapest en vertelden hun geschiedenis. De Zionistische Partij probeerde de leden van de Joodse Raad in Boedapest te waarschuwen. De dood stond voor de deur. Maar de joden van Boedapest konden of wilden de bedreiging gewoon niet zien.
De toenmalige Duitse krant *Grenzbote* stelde vast dat in Hongarije de joden een derde van alle schrijvers, 49,2 procent van alle advocaten, 34,6 procent van de artsen, 30,5 procent van alle ingenieurs, 45,5 procent van de zelfstandige handelaars, 33,9 procent van alle grootgrondbezitters en 71,8 procent van de bankiers uitmaakten. Een vierde van het totale inkomen van Hongarije zou in joodse handen zijn. Toch leefde na de annexaties 46,4 procent van alle Hongaarse joden in Karpaten-Oekraïne. Ze waren bijna allemaal arm. Straatarm. Velen van hen werden al voor 1944 vermoord.

Blz. 83 Situatierapport nr. 33 van 27 april 1944 van de Duitse Wehrmacht formuleert deze 'maatregelen' als volgt:
'In het kader van het nieuwe regeringsprogramma werden tegen de joden verscheidene maatregelen getroffen:
Als niet-joden gelden personen van wier grootouders slechts de grootvader of de grootmoeder tot de Israëlitische geloofsgemeenschap behoorden.
Alle joden moeten vanaf het 6e levensjaar buitenshuis de davidster dragen. In joodse gezinnen mag vanaf 30 april 1944 geen Arisch huispersoneel meer te werk gesteld worden. Alle joodse advocaten worden ten laatste 31 mei uit de Advocatenkamer gezet. Eveneens worden alle joden ten laatste 30 april 1944 geschrapt uit de ledenlijsten van de Pers-, de Theater- en de Filmkamer.
De zich in joodse handen bevindende apothekerlicenties zijn vanaf 30 juni 1944 niet meer geldig. De zuivering van de joodse artsen veroorzaakt vanwege het gebrek aan artsen zekere moeilijkheden. Ter *Entjudung* van de economie moet 50 procent van alle joodse employés uiterlijk 31 mei, de resterende 50 procent uiterlijk 30 september ontslagen worden. In de toekomst mogen geen joden als

employé, handelsbediende, directeur of bedrijfsleider of als personeel van andere intellectuele beroepen te werk gesteld worden. Daarbij zijn bepaalde uitzonderingen terwille van de ongestoorde voortzetting van het economisch leven toegelaten, waarbij het begrip jood, niet in de betekenis van de Neurenbergse wetten, relatief ruim mag worden opgevat. Vooral politiek en anderzijds bezwaarde joden zijn reeds door de SS gearresteerd en naar het concentratiekamp afgevoerd. Het roerende en onroerende goed van joden dient met uitzondering van een vastgesteld bedrag aangemeld te worden; hun tegoeden bij spaarkassen en banken zijn geblokkeerd, waarbij slechts een uitzondering van 1000 pengö per maand vrijgesteld is. Alle joodse firma's en bedrijven moeten sluiten. De goederenvoorraden en inrichtingen worden in beslag genomen. De radioapparaten in joodse handen moeten worden aangegeven en worden verbeurd verklaard. Het is de bedoeling de joden te huizen in de nabijheid van fabrieken, stations en overal waar rekening gehouden moet worden met terreuraanvallen. De woningen in de stad moeten op de eerste plaats ter beschikking gesteld worden van hen die door bombardementen schade geleden hebben. De rantsoenen voor joden worden verminderd, en boter, eieren, rijst, paprika e.d. zijn uitgesloten. Verder worden alle joodse organisaties opgeheven en hun vermogen in beslag genomen.'

Blz. 84 De Duitse bevelhebber van het operatiegebied Oost-Hongarije rapporteerde op 4 augustus 1944 in een 'Geheim Commando' een duidelijke toename van de acties van partizanen in Karpaten-Oekraïne. 'Zij plunderen en roven. Deze partizanen saboteren spoorlijnen, bruggen en dergelijke.'
En hij vond in de joden de zondebok voor deze situatie: 'De door mij allang aangevraagde verwijdering van de joodse arbeidersafdelingen, ten minste uit het operatiegebied, is nog altijd niet doorgevoerd. Deze joden verslechteren de sfeer. Het ontbreken van een effectieve Duitse propaganda is zoals voorheen duidelijk merkbaar. De uiteindelijke verkoop van de in pakhuizen opgeslagen en daar te gronde gaande jodeneigendommen, vooral aan arme mensen, zou de stemming verbeteren.'
Adolf Eichmann liet op 30 april 1944 door zijn 'Joods Commando' de achtergebleven 15 000 joodse inwoners van Moekatsjevo, het orthodoxe centrum van het gebied, in enkele versperde straten bijeendrijven en met nog 5000 joden uit de rest van Karpaten-Oekraïne naar de steenbakkerijen van Kallus en Sajovic brengen, vanwaaruit zij op 10 mei 1944 vrijwel zonder uitzondering naar de gaskamers van Auschwitz getransporteerd werden.

Blz. 85 De joden uit Boesjtina en omgeving die de *Umsiedlung* overleefd hadden, vielen toen echter onder een 'dwangarbeidsverordening' die gold voor eenieder tussen 21 en 49 jaar oud. In Boesjtina begon men reeds in 1941 met de bouw van een militair vliegveld. De meeste dwangarbeiders kwamen echter uit Boedapest. Deze bijna altijd geassimileerde, bekeerde of liberale joden wisten nog maar weinig van de orthodoxe leer, van de heilige gebruiken, de Halacha en de gezegende sabbat van hun chassidische broeders in het kleine Boesjtina aan de Terebla. Maar nu ondergingen ze allemaal, orthodoxen en geassimileerden, hetzelfde lot, waren zij gelijkelijk slachtoffers van de ontketende rassenhaat. En ook al waren de joden van Boedapest zo 'anders', in hun kleding en levenswijze – bij de weinige vrome joden van Boesjtina die de *Umsiedlung* van 1941 overleefd hadden, werden de onteerde dwangarbeiders met open armen ontvangen. De inheemse joden probeerden al het denkbare om het onwaardige leven voor hen te verlichten. Stap voor stap probeerden de twee groepen de 'vreemdheid' te boven te komen. De vrome jood in zijn zwarte kaftan stelde zijn huis zonder vooroordelen open en stond zijn beste kamer af. De vrouwen en meisjes van de joodse gemeenschap van Boesjtina bakten challoth en aardappelkichel, kookten hun tjolent en deelden het laatste stukje ritueel geslachte kip met de vermoeide dwangarbeiders. Rijk en arm, ontwikkeld en van adel, vroom en atheïstisch, in Boesjtina vonden zij elkaar.

Blz. 93 Satu Mare, een stadje in het uiterste noordwesten van Zevenburgen, dat thans in Roemenië ligt, hoorde van september 1940 tot maart 1945 bij Hongarije. Ook hier in Zevenburgen leefden de verschillende bevolkingsgroepen min of meer vreedzaam met en naast elkaar. Roemenen, Hongaren en de 'Zevenburger Saksen' (in 1940 waren er hier ongeveer 250 000 Duitsers) maakten de meerderheid uit. Ook zigeuners, joden en Armeniërs hadden hier hun thuis.

Blz. 107 Laszlo Endre en anderen die voor het *Entjüdungsprogramm* verantwoordelijk waren, waren op 26 april 1944 in Satu Mare bijeengekomen om het vernietigingsproces van de joden in Noord-Zevenburgen gedetailleerd uit te werken.

Blz. 114 De chaotische situatie weerspiegelde zich in het feit dat de rapporten van de Duitse divisies slechts tot midden of eind 1943 lopen. De rapporten van de hogere bevelhebbers lopen tot 1944, uitzonderlijk tot in 1945. Over de Legergroep van generaal Woehler zijn er nog tot 26 oktober 1944 dagorders. 'De terugtrekkende bewegingen bij het Achtste Leger verlopen volgens plan. Bij de defensieve gevechten in ZO Szatmarnemeti werd een diepe vijandelijke doorbraak teruggeslagen, de vijand over de hoofdfrontlijn teruggeworpen en hierbij buitgemaakt resp. vernietigd: 489 gevangen, 224 getelde vijandelijke doden, 280 geschatte vijandelijke doden, 44 machinegeweren, 16 Gr.W., 5 stukken geschut, 2 stukken luchtafweergeschut, 103 paarden, vele handvuurwapens en allerlei voertuigen.'

Blz. 144 De Roemeens-Duitse schrijver Richard Wagner beschrijft de situatie als volgt: 'Het idee Noord-Zevenburgen terug te kunnen krijgen vormde voor Roemenië in 1944 een extra motivering voor de frontverandering ten gunste van de geallieerden. In augustus 1944 veranderde Roemenië van front. Dat wil niet zeggen dat Roemenië gedragen werd door een grote communistische partij. Integendeel. In 1944 had deze officieel krap 1000 leden. Dat zou echter snel veranderen. Nog geen twee jaar later zou zij de partij van de massa's worden en met behulp van de grote Stalin regeringspartij. Op het einde van de oorlog kon Stalins Sovjetunie met het pand Zevenburgen in Roemenië binnenlandse politieke druk uitoefenen. Pas na de installatie van de eerste pro-communistische regering op 6 maart 1945 werd heel Zevenburgen door het Sovjetbezettingsleger aan de Roemeense regering afgestaan.'

Blz. 152 Voor de Tweede Wereldoorlog leefden in Roemenië zeer veel joden. Meer dan 800 000 burgers met het joodse geloof moeten in Boekarest en de talrijke kleinere steden als Satu Mare geleefd en gewerkt hebben. Ze leefden volgens de joodse tradities en namen actief deel aan het economische, sociale en culturele leven van het land. Nu zijn er in Roemenië nog maar krap 30 000 joodse burgers. Ze spelen in de Roemeense maatschappij vrijwel geen rol meer.
Ook in Roemenië, zoals bijna overal in Oost-Europa, was een groot deel van de bevolking antisemitisch. Na 1938 – nadat een veelvoud aan antisemitische wetten uitgevaardigd was – hadden de joden in het openbare leven, en in de economie, geen kans meer. In het begin van de oorlog, in 1941, vonden in Boekarest en verscheidene kleinere steden, waarin betrekkelijk veel joden woonden, gruwelijke pogroms plaats. Toen duidelijk werd dat de Duitsers de oorlog niet meer konden winnen, wijzigden de Roemenen ook snel hun houding tegenover de joden. Deportaties naar Duitse vernietigingskampen werden van de ene dag op de andere verboden. Maarschalk Antonescu, staatshoofd tijdens de oorlog en bondgenoot van Hitler, moet zelfs een deel van de overlevenden uit de kampen in de Oekraïne

teruggehaald hebben, en zijn minister van Buitenlandse Zaken zou joden tegen betaling hebben laten vertrekken. Voorzichtigheidshalve liet hij echter deze goede daad door de 'gelukkigen' schriftelijk vastleggen en hij legde deze bewijzen 'voor alle zekerheid' in zijn kluis, schreef Richard Wagner.
Later liet Ceausescu 'de joodse emigratie uit Roemenië' toe 'die al in de jaren '50 was begonnen – in ruil voor veel geld, dat is te begrijpen – en in ruil voor de hulp van de Amerikaanse zionisten bij het verkrijgen van de meestbegunstigingsclausule in de handel met de Verenigde Staten'.

Blz. 156 'Is het voorstelbaar dat de geest van de "Zwarte Centuriën", dat de geest van de SS in onze eigen rangen weer opleeft?' schreef Arthur London, toen plaatsvervangend minister van Buitenlandse Zaken van Tsjechoslovakije en zelf jood.
Bij de talrijke verhoren die London in de naoorlogse tijd moest ondergaan, meende hij: 'Als ik in het begin van mijn hechtenis een boosaardig, zonder meer hitleriaans antisemitisme tegenkwam, kon ik geloven dat het een kwestie van enkelingen was. Voor zo'n smerig werk nam de Veiligheidsdienst immers geen heiligen aan. Nu weet ik dat deze geest, ook al bleek die tijdens de verhoren slechts sporadisch, toch getuigt van een heel systematische richtlijn. Zodra een nieuwe naam opduikt, willen de ambtenaren direct weten of het niet om een jood gaat. De bekwaamsten onder hen vragen: "Hoe heette hij voordien? Heeft hij niet in 1945 zijn naam veranderd?" Over "joden" wordt natuurlijk nooit gesproken. Het woord jood was immers een scheldnaam. Vandaar de omweg "zionist". En het werd een heksenjacht. De discriminering ging onder het voorwendsel dat de "zionisten" in Tsjechoslovakije een vreemde factor waren en als zodanig min of meer gecompromitteerd door oneerlijke knoeierijen en spionageaffaires.'

Blz. 159 Slansky had geen geluk met zijn carrière in de Communistische Partij van Tsjechoslovakije. Hij viel ten offer aan de naoorlogse sfeer, die getekend werd door wantrouwen en verklikking. Stalin wilde de 'nationale' communisten de basis ontnemen. Iedereen bespioneerde iedereen. Wie voor de oorlog of tijdens de oorlog in Spanje of in westerse verzetsbewegingen actief geweest was, gold als bourgeois en was verdacht bij degenen die toen in ballingschap in Rusland actief geweest waren. In de stalinistische tijd werkten ook de antisemitische vooroordelen tegen Slansky. Slansky was tot 1951 secretaris-generaal van de Communistische Partij en werd op 31 juli 1951 naar aanleiding van zijn 50e verjaardag nog met luister gevierd. Hij bracht het tot plaatsvervangend minister-president. In de nacht van 23 op 24 november 1951 werd hij gearresteerd. Het Praagse Slansky-proces in 1952 was een van de Oosteuropese show-processen van de jaren '50, en was gruwelijk. Van de veertien politiek hooggeplaatste aangeklaagden waren er elf van 'joodse afkomst'.

Bibliografie

Behalve de hier genoemde werken is ook gebruik gemaakt van bronnen uit het Bundesarchiv Koblenz, uit het Bundesarchiv/Militärarchiv en het Militärgeschichtliche Forschungs-amt in Freiburg, en uit de Staatsbibliothek van Berlijn.

Yehuda Bauer, *American Jewry and the Holocaust*, Wayne State University Press, 1981

Alfred Bohmann, *Menschen und Grenzen. Bevölkerung und Nationalitäten in der Tschechoslowakei*, Keulen 1958

Israel Chalfen, *Paul Celan. Eine Biographie seiner Jugend*, Frankfurt a.M. 1979

Verena Dohrn, *Reise nach Galizien. Grenzlandschaften des alten Europa*, Frankfurt a.M. 1991

Tamas Ferner en Sandor Scheiber, *... und sollst deinem Sohn sagen...*, Wiesbaden 1984

J. Gutman, E. Jäckel, P. Longerich en J.H. Schoeps (red.), *Enzyklopädie des Holocaust*, Berlijn 1993

Heiko Haumann, *Geschichte der Ostjuden*, München 1991

Herlitz, *Jüdisches Lexikon*, Frankfurt a.M. 1992

Tony Knobel Fluek, *Erinnerungen an mein polnisches Dorf 1930-1949*, München 1990

Nikolaus G. Kozauer, *Die Karpaten-Ukraine zwischen den beiden Weltkriegen*, Esslingen a.N. 1979

Primo Levi, *Die Untergegangenen und die Geretteten*, München 1990

Artur London, *Ich Gestehe. Der Prozess um Rudolf Slansky*, Berlijn 1991

Anton Müller, *Karpaten-Ruthenien*, Ludwigsburg 1954

Mieczyslaw Orlowicz en Roman Kordys, *Illustrierter Führer durch Galizien*, Wenen-Leipzig 1914; herdruk Berlijn

Martin Pollack, *Nach Galizien. Von Chassiden, Huzulen, Polen und Ruthenen*, Wenen-München 1984

Rachel Salamander (red.), *Die jüdische Welt von Gestern, 1860-1938*, Wenen 1990

Hans Schmid-Egger (red.), *Deutsch-Mokra - Königsfeld*, München 1973

Hans Schmid-Egger, *In Böhmen und Baden. Erinnerungen aus einem Leben im 20. Jahrhundert*, z.p. 1975

Günter Stemberger, *Die Juden. Ein historisches Lesebuch*, München 1991

Harav Naftali Stern, *Emlekezz Sztmarra*, Bne Brak 1984

Yad Vashem, *History of Bustina*, z.p. z.j.

Richard Wagner, *Sonderweg Rumänien. Bericht aus einem Entwicklungsland*, Berlijn 1991

Robert Weisbrot, *The Jews of Argentina*, Philadelphia z.j.
Elie Wiesel, *Gesang der Toten*, Freinurg-Bazel-Wenen 1987
Mark Zborowski en Elisabeth Herzog, *Das Schtetl. Die untergegangene Welt der osteuropäische Juden*, München 1992

Book of Marmaros. Beith Marmaros, Tel Aviv 1973
Die Donauschwaben. Deutsche Siedlung in Südosteuropa, ministerie van Binnenlandse Zaken Baden-Württemberg, Sigmaringen z.j.
Encyclopaedia Judaica, Jeruzalem 1973 e.v.

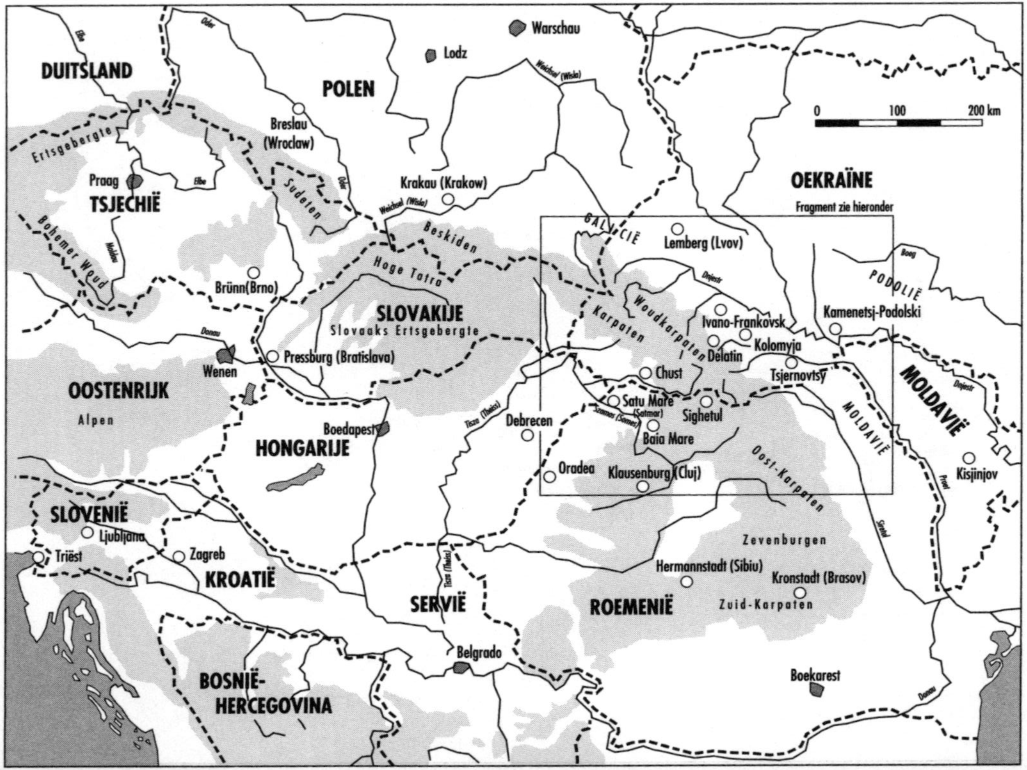
DUITSLAND
Elbe
Oder
POLEN
Warschau
Lodz
Weichsel (Wisla)
Breslau
(Wroclaw)
Ertsgebergte
Praag
TSJECHIË
Elbe
Sudeten
Oder
Krakau (Krakow)
Weichsel (Wisla)
Bohemer Woud
Moldau
Beskiden
Hoge Tatra
Brünn(Brno)
SLOVAKIJE
Slovaaks Ertsgebergte
Donau
Pressburg (Bratislava)
Wenen
OOSTENRIJK
Alpen
Boedapest
HONGARIJE
Tisza (Theiss)
Debrecen
Oradea
OEKRAÏNE
Fragment zie hieronder
0
100
200 km
GALICIË
Lemberg (Lvov)
Boeg
PODOLIË
Dnjestr
Karpaten
Woudkarpaten
Ivano-Frankovsk
Kamenetsj-Podolski
Delatin
Kolomyja
Chust
Tsjernovtsy
MOLDAVIË
Dnjestr
Satu Mare
(Satmar)
Szamos (Somes)
Sighetul
Baia Mare
MOLDAVIË
Klausenburg (Cluj)
Oost-Karpaten
Kisjinjov
Prut
Siretul
SLOVENIË
Ljubljana
Triëst
Zagreb
KROATIË
Zevenburgen
Hermannstadt (Sibiu)
Kronstadt (Brasov)
Zuid-Karpaten
Tisza (Theiss)
SERVIË
ROEMENIË
Belgrado
Boekarest
Donau
BOSNIË-
HERCEGOVINA

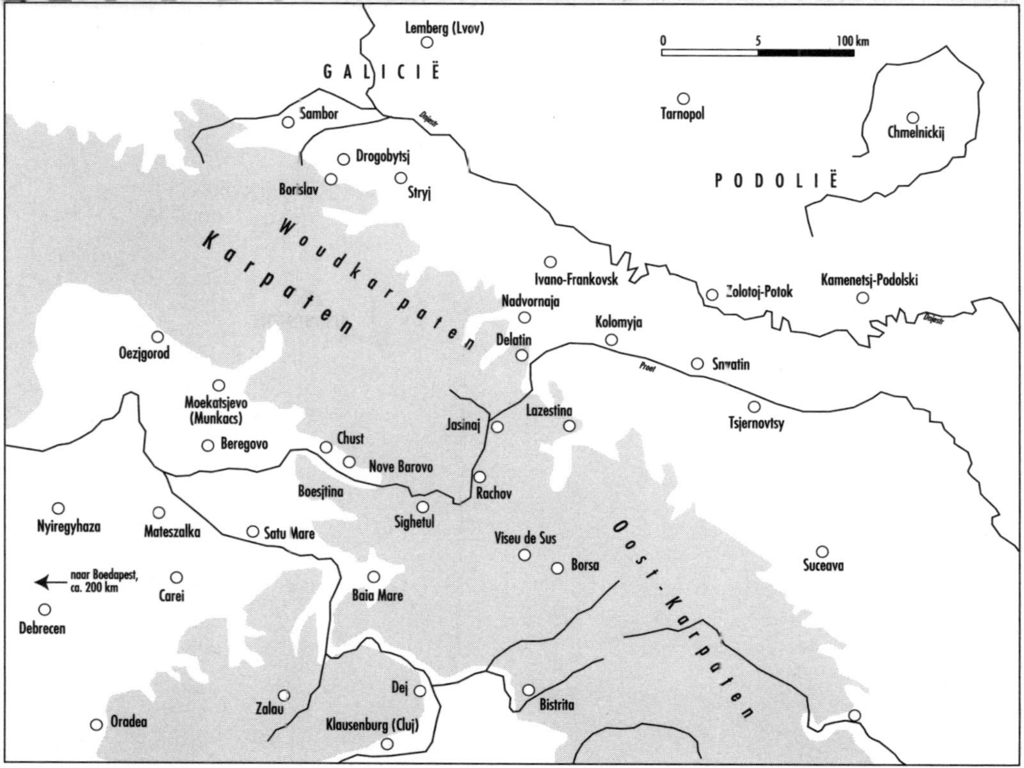
Lemberg (Lvov)
0
5
100 km
GALICIË
Sambor
Dnjestr
Tarnopol
Chmelnickij
Drogobytsj
Borislav
Stryj
PODOLIË
Woudkarpaten
Karpaten
Ivano-Frankovsk
Zolotoj-Potok
Kamenetsj-Podolski
Nadvornaja
Dnjestr
Kolomyja
Oezjgorod
Delatin
Snyatin
Proet
Moekatsjevo
(Munkacs)
Lazestina
Jasinaj
Tsjernovtsy
Beregovo
Chust
Nove Barovo
Rachov
Boesjtina
Nyiregyhaza
Sighetul
Mateszalka
Satu Mare
Viseu de Sus
Oost-Karpaten
Suceava
Borsa
naar Boedapest,
ca. 200 km
Carei
Baia Mare
Debrecen
Dej
Zalau
Bistrita
Oradea
Klausenburg (Cluj)